Histoires de bergers

Les Piémontais, La fille de Bel Air, Grand'Combe

Bernard Masson

Histoires de bergers
Les Piémontais, La fille de Bel Air, Grand'Combe
Nouvelles

LE LYS BLEU
ÉDITIONS

ISBN : 979-10-422-2035-8

Les Piémontais

À tous les migrants…

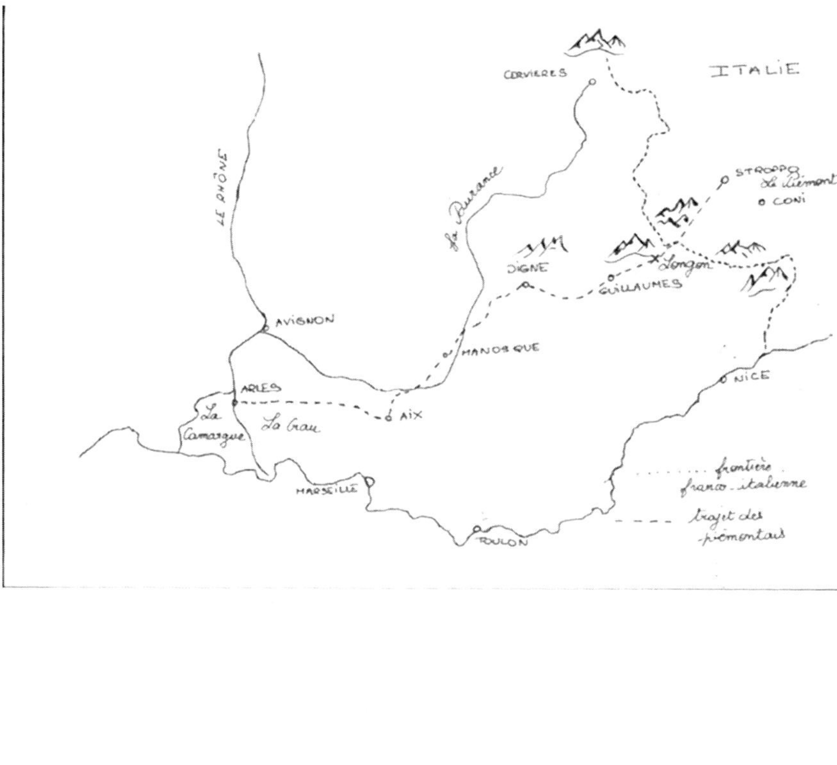
ITALIE
CERVIERES
STROPPO
Le Piémont
CONI
LE RHÔNE
La Durance
DIGNE
Longon
GUILLAUMES
AVIGNON
MANOSQUE
ARLES
NICE
La Camargue
La Crau
AIX
MARSEILLE
TOULON
frontière franco-italienne
trajet des piémontais

Le départ

Dans la nuit du 9 au 10 juillet 1941, deux jeunes bergers italiens passèrent la frontière au col du Porticiole, au-dessus du sanctuaire de Sant'Anna de Vinadio. Originaires du Valle Maira, ils avaient quitté leur village quelques jours plus tôt. La police militaire de Mussolini raflait à tout va, notamment dans ces zones de montagne, où la plupart des hommes se cachaient dans les chalets d'alpage les plus reculés, organisant par là même les réseaux de résistants. Le bruit courrait – il s'avéra plus tard que c'était la vérité – que Mussolini avait promis à Hitler un contingent de soldats à envoyer sur le front russe et qu'il importait peu que ce soit des hommes aguerris au combat, vu que l'issue ne faisait que peu de doute quant au massacre annoncé. L'opération faisait coup double pour les fascistes. D'une part, satisfaire l'appétit démentiel du Führer dont Mussolini n'était qu'un minable valet, et d'autre part vider de leurs hommes les réseaux de résistants, communistes pour beaucoup, qui s'étaient constitués dès le début de la guerre dans le Piémont, en Lombardie et dans le Trentin.

Nos deux hommes, Luigi Gilardino et Giancarlo Liatti avaient tout juste vingt-cinq ans. Ils laissaient derrière eux, mères, fiancées, maisons et troupeaux. Habillés pour le travail, ils avaient plus de chance de passer inaperçus. De plus, les pantalons de toile épaisse et les souliers cloutés convenaient parfaitement à leur périple montagnard. Dans la précipitation du départ – les fascistes avaient raflé la veille un chalet proche du leur –, ils ne prirent que très peu de provisions, comptant sur la Providence et leur débrouillardise de bergers. Ils quittèrent leur refuge à la nuit tombée, après avoir confié leurs bêtes, des brebis Sambucana, à d'autres bergers dont ils étaient parfaitement sûrs. La parole fut donnée devant Dieu, ils s'embrassèrent dans l'émotion en promettant l'enfer aux fascistes et disparurent dans la noirceur du soir. Peu de temps plus tard, ils traversèrent Stroppo, se signèrent en contournant l'église San Peyre et prirent la direction de Ponte Marmora.

Ils marchaient vite, préféraient le bord herbeux de la route, s'arrêtaient lorsque le chien de Luigi – un petit labrit noir – marquait le pas. Au-delà du gargouillis du ruisseau et du brin de vent qui chahutait les saules, ils écoutaient, humaient l'air, n'ayant dans le noir aucun autre repère. À l'instant où le chien s'arrêta, Giancarlo sentit une odeur de tabac, prit le bras de Luigi et l'entraîna vers le bruit de l'eau. Des voix leur parvinrent, deux, peut-être trois, des hommes faisaient le gué au croisement d'un chemin blanc qui montait vers une ferme. Ils restèrent ainsi, couchés dans l'herbe humide, jusqu'à ce que l'escouade décampe et remonte vers Stroppo, leur passant à quelques mètres. Ce contretemps les obligea à revoir leurs plans. Ils ne purent atteindre le col di Mulo avant le lever du jour et décidèrent de passer la journée dans le lit du ruisseau, cachés sous les saules. Ils ne virent que peu de passage, si ce n'est quelques allées et venues de paysans, de charrettes chargées de foin et une vieille qui conduisait un petit troupeau de chèvres. Ils reprirent leur route un peu avant la tombée de la nuit, une fois que l'ombre les cacha suffisamment, et passèrent le col vers onze heures. Il faisait froid, la lombarde s'était levée et plaquait sur leurs têtes un rideau d'étoiles. Ils étaient dans leur élément, montagnards dans la montagne. Ces derniers mois, les virées nocturnes étaient devenues communes, que ce soit pour fuir lorsqu'un guetteur donnait l'alerte, quand il fallait faire passer des gens de Turin ou encore pour monter des caisses de cartouches à dos d'âne jusqu'au col di Biccoca.

Ce soir-là le frisson était d'un autre genre. Ils quittaient leur pays. Bien avant eux, d'autres bergers des Valles Maira et Stura avaient passé la frontière pour rejoindre les plaines de Provence, garder les troupeaux *de regos*[1] du Var et de La Crau pendant l'hiver, puis revenir dans le Piémont à la belle saison.

La guerre, dans son ignominie, faisait partir ces hommes à contre-saison, fuir devant d'autres hommes qui étaient leurs frères, qui parlaient le même *dialetto*[2] et dont les pères s'étaient probablement embrassés. Sur ce col d'altitude, avec ce vent retord qui leur griffait la figure, ils sentaient toute l'injustice révoltante de leur situation de fugitifs. Ils finirent la nuit et passèrent la journée au bas du col dans un mélézin épais doublé de noisetiers.

Au vu du peu de trafic, ils décidèrent de repartir avant la nuit, traversèrent la route de Sambuco à l'entrée du hameau de Planche et filèrent d'un pas leste en direction de Sant'Anna. Dans la nuit ils entendirent une agitation peu commune autour du sanctuaire pour la bonne raison que des militaires occupaient les lieux. Ils surent après coup qu'il s'agissait d'un détachement de Coni, venu relever la garde du poste de douane du col de la Lombarde. Au petit matin, la troupe finit par foutre le camp et nos deux hommes, tenaillés par la faim, s'approchèrent par l'arrière du bâtiment principal, et trouvèrent un moine qui sortait une lessive d'un chaudron fumant. L'homme n'eut pas l'air très surpris, les fit attendre, revint avec un autre qui semblait être son supérieur.

---

[1] *Regos :* mérinos d'Arles.
[2] *Dialetto* : dialecte piémontais.

Il leur demanda, en italien :

« Que voulez-vous ?

— De quoi manger et dormir jusqu'à la nuit, répondit Luigi, nous paierons.

— Venez ! »

Ils le suivirent dans un dédale de couloirs pour arriver jusqu'à la cuisine où des femmes triaient des légumes. On leur servit une assiette de soupe chaude, une tranche de pain et un morceau de fromage sec. Le chien eut droit à quelques croûtes. Ils passèrent la journée dans le foin au-dessus des écuries. Seule une fouine, qui grattait dans les combles, fit grogner le labrit dans l'après-midi. Aux vêpres, un homme vint sans qu'ils ne sachent s'il était religieux ou non, leur donna de quoi manger pour la route, leur expliqua le meilleur moyen d'arriver au Porticiole et de descendre vers Isola. Personne ne leur demanda pourquoi et vers où ils partaient, les passages devaient être fréquents en ces périodes, et ils comprirent que les militaires venaient régulièrement faire des visites, prenant au passage ce qui leur semblait bon.

À la nuit tombée, après avoir réglé leur dette, ils prirent la montée par la droite du lac Sant'Anna, évitèrent soigneusement le chemin du rocher de l'apparition, jalonné d'oratoires et bruyant de tout son gravier. Ils préférèrent la pente en herbe, plus discrète, et franchirent le col sans avoir vu âme qui vive. La première étape du voyage était réussie, ils étaient en France, et bien que la vallée de la Tinée soit en partie occupée par leurs compatriotes, ils éprouvèrent un délicieux sentiment de liberté.

De pierriers en éboulis, ils passèrent sans les voir en dessous des lacs de Terre Rouge, se trouvèrent enveloppés dans une traîne de brouillard et débouchèrent au petit matin dans le vallon de Mollières. L'odeur familière d'une *couchade*[3] leur parvint, le

---

[3] *Couchade* : lieu où dort le troupeau en alpage.

hameau semblait immobile et les bêtes d'un petit troupeau – quelques chèvres et quelques brebis – dormaient dans la pâleur de l'aube. Seule la cheminée de la cabane (derrière le troupeau) fumait. Un homme en sortit, un seau à la main.

« C'est Marco ! » dit Luigi à voix basse.

Marco était son cousin germain du côté de sa mère et il était convenu qu'il serait leur premier contact. Il était installé en France depuis quelques années, avait rencontré Antonnieta, son épouse, italienne elle aussi.

Leur situation était enviable : ils passaient l'été dans le vallon de Mollières, puis descendaient en Crau pour l'hiver pour un *pello*[4] italien dénommé Olivero, propriétaire d'un millier de *regos.* Marco montait tous les jours garder le troupeau au col de Salèse, redescendait le soir à la cabane. Les quelques bêtes contre la maison leur appartenaient, Antonnieta en avait la garde et fabriquait avec le lait des biques des petits fromages qu'elle vendait aux voisins et aux gens de passage. Marco faisait la traite du matin et elle, celle du soir.

Le sifflet discret de Luigi fit aboyer un gros chien noir à sale gueule. Marco le fit taire en faisant mine de ramasser une pierre :

« *Cane bastardo* ! » puis il regarda autour de lui et fit signe aux deux hommes de venir.

---

[4] *Pello* : éleveur, patron, propriétaire d'un troupeau.

Longon

Antonnieta descendit dans la cuisine peu de temps après que les trois hommes y soient entrés. Elle embrassa Giancarlo et Luigi avec un « *Ciao !* » discret, puis leur proposa un jus d'orge grillée, faute de café. C'était une femme discrète, peu bavarde, mais il émanait d'elle quelque chose de majestueux. Ses gestes étaient lents et précis et sa démarche altière. Elle restait le plus souvent dans l'ombre de Marco et acquiesçait à ses paroles lorsqu'il le lui demandait. Elle portait toujours le deuil de son père, mort deux ans plus tôt. Marco, croyant bien faire, lui avait demandé un jour pourquoi elle s'infligeait un deuil si long. Elle l'avait fixé de ses yeux bleus pleins de larmes : « Marco ! C'était mon père. »

Les deux fugitifs trouvaient dans cette cabane, avec cette femme, une présence rassurante. Ils oublièrent pour un instant leur condition. Marco prit un air grave :

« Les soldats de Mussolini sont ici, ils descendent souvent à Mollières, ils ont un campement au col, pas très loin de là où je fais dormir les brebis. Vous n'allez pas pouvoir rester, ils sont à la recherche des fugitifs italiens. Ce soir vous descendrez vers la Tinée, mais pas par le chemin, vous arriveriez directement sur le poste de garde du Pont de Paule. Je connais le passage par le travers du côté droit, je vous accompagnerai. Une fois la Tinée passée, vous serez dans la zone française, vous monterez droit devant à travers les mélèzes jusqu'à la crête de Toussaint. »

Marco avait entendu dire qu'il y avait du travail de l'autre côté de la vallée sur l'alpage de Longon, une vacherie communale tenue par des hommes peu regardants.

Il y aurait des vaches à traire, du fromage à fabriquer et la logistique à assurer. Il fallait pour cela se rendre directement sur l'alpage et voir sur place. Les trois hommes partirent dès la nuit tombée, Marco les laissa une fois la rivière en vue.

« Merci Marco, nous n'oublierons pas.

— On est frères, des jours meilleurs viendront, on se retrouvera au pays. »

La montée fut longue et les rhododendrons rendaient la marche pénible. Arrivés sur la crête, le jour se levait. Écrasés de fatigue, ils se cachèrent pour dormir une partie de la journée et remontèrent vers le nord en fin d'après-midi.

Lorsque la vacherie fut en vue, au pied du mont Gravière, ils marquèrent le pas et observèrent discrètement ce qui s'y passait. La bâtisse était massive, en pierres grises et brutes. On devinait une partie réservée aux bêtes, qui devait servir à traire par mauvais temps. Sur la partie attenante, une cheminée fumait. Ils ne virent qu'un homme, suivi d'un adolescent qui finissait de traire les vaches attachées le long du mur.

L'homme était mauvais et gueulait après les vaches, les chiens et le pauvre gamin :

« Qu'est-ce que tu veux que je fasse d'un ramier comme toi ? Fils de pute ! Je finirai par t'égorger comme un mouton ! »

« *Bastardo ! Povere banbino* ! » fit Luigi, les dents serrées. Il semblait évident que l'homme était saoul, seul, et dépassé par le travail. Le gamin servait d'exutoire, Luigi avait eu un père violent et la scène avait fait revenir en lui de sales souvenirs.

« *Andiamo !*

— Qu'est-ce que vous voulez ? » leur aboya le type.

Il lui manquait des dents et un mégot éteint jaunissait tout un côté de sa moustache. Le gamin pleurait, appuyé contre le mur, noir de merde de la tête aux pieds, Luigi lui esquissa un sourire, ce qui le fit disparaître dans une pièce d'où sortait la fumée d'un chaudron.

« Ça serait pour du travail, fit Giancarlo dans un français mal assuré.

— On a besoin de personne et sûrement pas d'un *babi*[5] comme toi, alors foutez-moi le camp ! »

Luigi s'avança :

« Pourquoi tu t'en prends au petit ?

— Ça te regarde pas ! Fous le camp, *stronso* ! »

Le coup de poing le prit en pleine gueule, faisant voler la casquette crasseuse et le mégot. Il resta debout, sembla garder l'équilibre, et finit par s'écrouler entre les pattes des deux premières vaches attachées contre le mur. Il tenta de se relever, mais la plus jeune des bêtes, terrorisée, lui assena un coup de pied terrible sur la tempe dans un bruit d'escargot écrasé, tandis qu'un flot de sang sortait à la fois de la bouche et du nez.

Les deux hommes le prirent par les pieds, le tirèrent hors d'atteinte du piétinement et virent très vite qu'il était mort. L'œil droit était sorti de l'orbite et le sang coulait comme celui d'un cochon sous le couteau d'un boucher.

Le gamin sortit, resta un instant interloqué devant le corps inerte et enlaça d'un coup Luigi en sanglotant : « Merci, merci ! Emmenez-moi avec vous ! J'espère qu'il est mort, ce salaud. »

Giancarlo essayait de retrouver ses esprits. De migrants fugitifs, ils étaient devenus en quelques minutes des assassins, avec ce gamin qui pourrait témoigner.

« Qui est cet homme, c'est ton père ?

---

[5] *Babi* : terme xénophobe pour désigner les Italiens.

— Non, mon père est mort, les soldats l'ont fusillé.

— Et ta mère, où est ta mère ?

— J'ai pas de mère. »

Il venait de lâcher cette phrase terrible en essuyant son nez morveux de sa main noire de crasse. Il semblait insensible à l'horreur de la situation, retrouvait son calme, et faisait preuve d'une lucidité terrifiante. En désignant le cadavre, il dit d'un ton froid : « Il faut le faire bouffer aux cochons !

— Mais ils sont où les cochons ? demanda Luigi.

— Derrière, dans un parc en pierres. Le soir, on les lâche et on leur donne le petit lait le matin. Dans la nuit, ils l'auront nettoyé, on aura plus qu'à cacher les os. »

Giancarlo et Luigi se regardèrent, stupéfaits de l'aplomb avec lequel ce gamin prenait les choses en main.

« La semaine passée, on leur a donné une chèvre, ils ont rien laissé, alors le Marcel, il aura vite disparu. Il souriait.

— Mais qui est cet homme ? se risqua Giancarlo.

— Marcel qu'il s'appelle ! Je sais pas le reste, je m'en fous ! Il est mort. En tout cas, c'était un sacré salaud. Le sourire avait disparu.

— Et les vaches, elles sont à qui les vaches ?

— C'est celles du village, une à l'un, deux à l'autre. Le maire, lui, il en a quatre, c'est le seul. En tout y en a vingt-six et sept génisses. Et douze cochons, un peu à chacun, tout pareil comme les vaches.

— Personne ne vient du village, pour voir et pour le *ravito*[6] ?

— Ils font le foin en bas, trop contents d'être débarrassés de leurs bêtes, et pour le ravito, c'est des rats ! Ils nous ont monté des patates à moitié pourries et un sac de polenta au début et démerdez-vous !

— Et ce Marcel, il sortait d'où ?

---

[6] *Ravito* : ravitaillement.

— J'en sais rien ! Moi, je suis arrivé un peu avant la Saint-Jean avec une connaissance de mon père, André, qu'on lui disait. Puis un matin, celui-là est arrivé et l'autre est parti, je crois pour des affaires pas trop propres. Personne ne viendra le réclamer, y aura qu'à dire qu'il a foutu le camp. En tout cas, c'était un sacré salaud ! »

Jean

La suite fut rondement menée. Le gamin avait presque ordonné aux deux hommes de s'occuper du Marcel, pendant qu'il mettait à cailler le lait et sortait la tome dans le linge. Quand Giancarlo et Luigi revinrent, le linge était pendu, tout gonflé de sa grosse masse ronde et dégoulinante de petit lait.

Il faisait le travail comme un homme, concentré sur sa tâche et indifférent à ce qui s'était passé une heure plus tôt.

« Elle sera bonne celle-là. L'autre salaud, il faisait trop chauffer. Celle-là c'est la mienne, elle sera bonne ! »

Dans cette pièce noire de suie, l'odeur du fromage mêlée à celle du feu avec ce gamin qui s'affairait laissait les deux bergers perplexes. Lorsque l'un ou l'autre tentait un geste, pour pousser une bûche sous le feu ou changer un seau de place, il se faisait remettre à sa place :

« Laisse, je le ferai ! »

Ils finirent par sortir, firent quelques pas devant la vacherie. Le soir arrivait, la montagne changeait de couleur, le ciel leur rappelait leur Piémont, tourmentant leurs esprits.

« Qu'est-ce qu'on va faire, Giancarlo ? Rester ou partir ?

— Il faut faire parler ce gamin, peut-être qu'on a de la chance, au final. La place est libre et ceux du village seront bien contents de nous avoir.

— Mais ce mort, qu'est-ce que ça va faire ?

— Tu as vu les cochons, ils sont maigres à crever ! À part le petit lait, ils n'ont que de la terre à bouffer, alors je prends le pari que demain matin, le Marcel, il sera nettoyé.

— Et peut-être que personne ne viendra le réclamer.

— Le petit semble le dire, et puis, si quelqu'un le demande, il aurait pu partir, va savoir où…

— Restent les soldats, ils sont sûrement passés par là, et s'ils reviennent, qu'est-ce qu'on dira ? »

Le gamin vint vers eux, toujours aussi sale. Seuls les avant-bras, qui avaient brassé le fromage dans le chaudron en cuivre, avaient retrouvé leur couleur originale. Il était déjà grand et son allure faisait penser à celle d'un homme. La conversation s'engagea dans la nuit qui s'avançait :

« Parle-nous un peu des soldats, petit. Tu les vois passer par ici ?

— Ils sont venus deux fois.

— Des Français ?

— Oui, des Français, trois la première fois, puis deux la fois d'après. Il n'y a que des Français ici. Les Italiens restent de l'autre côté de la vallée.

— Et qu'est-ce qu'ils voulaient ?

— Ils passent, ils font boire leurs mules, ils prennent du fromage et ils repartent.

— Ils payent ?

— Non, ils payent pas, ils se servent. Ils sont au-dessus, derrière Pelvoux et d'autres sous Gravières dans des baraques en tôle. Ils ont tiré des lignes de barbelés, ils surveillent les Italiens qui sont sur le Giraud, de l'autre côté.

— Et ça canarde ?

— En tout cas, j'ai jamais rien entendu. Je crois qu'ils se surveillent juste.

— Ils posent des questions ?

— Non, de nous ils s'en foutent, ils viennent pour le fromage.

— Et les propriétaires, ils le savent qu'ils viennent se servir ?

— Tu parles qu'ils le savent, mais ils font dans leurs culottes dès qu'ils voient un soldat. C'est des minables, peut-être même qu'ils leur donnent leurs femmes.

— Et le maire, tu l'as vu ?

— C'est le plus minable de tous, il n'a pas de figure !

— …

— C'est une vraie merde. Un jour il est venu, il a fait une remarque à l'André, que je vous ai expliqué, celui du début. Eh ben, il l'a chopé par le col et il lui a dit que s'il remontait, il lui foutrait un coup de couteau. Eh ben, le maire, il est parti en chialant comme une fille, il est pas près de revenir, ça je peux vous le dire ! René, qu'on lui dit, il est franc comme une planche pourrie. »

Le temps tourna au vinaigre au milieu de la nuit. L'orage avait d'abord éclairé la Vésubie, s'était regonflé sur Mollières et s'écrasait maintenant sur Longon. Tout le plateau tremblait sous la lumière et le vacarme. Des torrents de rochers semblaient descendre sous les mélèzes. La lumière et le bruit. Le bruit d'une étoffe que l'on déchire, une branche qui casse dans un claquement de fouet. Les herbes tournent sous le vent comme des vagues d'eau. Les bêtes qui se terrent, puis qui cavalent dans le noir et l'instant d'après dans la lumière blanche. Et la pluie ! Non ! L'eau qui dégringole par seaux jetés entiers d'on ne sait où, de ce ciel fermé par un couvercle noir, et descend dans la vallée en mêlant les arbres et les rochers, le sable et les fleurs. La montagne seule peut résister, les plantes, les bêtes, les hommes ne sont que pailles dans le vent, feuilles dans le tourbillon géant. Le feu du ciel tombe sur l'arbre trop grand et rejoint par lui le feu de la terre, l'écorce vole en mille éclats et l'arbre meurt.

Dans son sommeil, le gamin se mit à hurler. D'abord une plainte forte, puis des cris : « Va-t'en, salaud, laisse-moi ! » Luigi alluma la bougie : « C'est rien petit, tu fais un rêve ! » Le gamin s'assit sur sa paillasse, la figure trempée de sueur et de larmes qui traçaient leurs sillons dans la crasse, il faisait peur à voir, dans le bruit de la tempête sur les tôles du toit.

« J'ai cru que l'autre salaud revenait !

— C'était un rêve, rendors-toi maintenant. »

Il se tourna et se rendormit aussitôt. Giancarlo parla à Luigi à voix basse :

« Il a dû en chier avec cette ordure.

— Il est courageux, jusque-là sa vie n'a été que souffrance, il mérite qu'on s'occupe un peu mieux de lui.

— Je crois que le Bon Dieu est passé de notre côté. Il nous a envoyés ici, l'autre salaud est crevé, il nous envoie cet orage pour effacer toutes les traces de sa mort, c'est béni, tu crois pas ?

— On doit s'occuper du petit, on sait même pas comment il s'appelle, ce sera notre manière de rendre grâce à Dieu.

— On lui demandera son nom demain matin, et on ira voir si les cochons ont bien mangé. Dormons maintenant. *Buona notte* Luigi !

— Il faudra aussi qu'on essaie de le faire laver, il pue comme un renard crevé ! *Buona notte* ! »

Les soldats

Quelques jours passèrent. Le trio s'organisait un peu. Giancarlo et Luigi s'étaient débarrassés des restes du Marcel, il avait fallu deux jours aux cochons pour en venir à bout. Les os rassemblés avaient été enfouis dans un grand pierrier au-dessus de la vacherie, l'affaire était réglée. Les deux bergers avaient pris soin de remettre les pierres en bon ordre afin que les lichens ne trahissent pas leur travail.

« Les mouches finiront les restes. »

L'été s'installait. Les journées chaudes succédaient aux nuits d'orage. La montagne semblait offrir son ventre aux animaux, toujours avides d'herbe fraîche et de fleurs parfumées. Le haut du plateau et les crêtes étaient réservés aux moutons, d'un troupeau qui montait de Gattières pour la saison. Le berger était un taciturne, une espèce de colosse barbu taiseux, un de ces hommes qui ne sont bien qu'avec eux-mêmes. Giancarlo était monté le voir un matin pour essayer de lui acheter une bête. Il lui avait seulement répondu : « Ça pourra se faire. » Pas plus. Mais quelques jours après il s'était ramené à la vacherie avec un *calu*[7], sur le dos. « Payez-moi en fromage. » Aussitôt l'affaire faite, il avait disparu vers son troupeau, son chien sur les talons, sans autre forme de cérémonie.

---

[7] *Calu* : agneau atteint de cysticercose.

Ce soir-là les hommes firent bombance. Giancarlo n'avait pas son pareil pour préparer la fricassée et la polenta. Le reste de la viande avait été mis au sel. Jean (le gamin) mangea comme un ours. Ils vécurent ce soir-là un moment heureux. Les épreuves passées semblaient oubliées, le temps du repas. Ils parlèrent et parlèrent encore. De tout, du pays qui leur manquait, de ceux et celles qui étaient restés, qu'on retrouverait bientôt. Jean écoutait en silence, chipait par-ci par-là quelques mots de *dialetto* qu'il reconnaissait. Il prenait confiance en ces deux hommes, oubliait peu à peu l'enfer vécu avec Marcel. Il ne fut plus jamais question de cette période, tous voulaient l'oublier.

Ce fut une nuit – la première – sans cauchemar.

Un événement inattendu survint le lendemain. Giancarlo et Jean ramassaient du bois derrière la vacherie lorsqu'ils virent descendre un soldat monté sur une mule. Il avait l'air mal en point. « Il est saoul ou blessé ? » fit Jean. Il fallut l'aider à descendre de selle, sa veste et l'encolure de sa monture étaient couvertes de dégueulis. On l'assit contre le mur, il but un peu d'eau qu'il vomit aussitôt.

Il finit par parler :

« Je viens de Pelvoux, on est six là-haut, on a mangé des conserves pas fraîches, les autres ne peuvent plus marcher, le sergent m'envoie pour prendre du petit lait, il dit que ça va nous soigner.

— Quelles conserves ? demanda Luigi.

— Du pâté, les boîtes étaient gonflées.

— Le petit lait ne vous soignera pas, il y a de l'eau là-haut ?

— Une petite source, pas très loin.

— On peut faire du feu ?

— Oui, mais pas la nuit. »

Luigi tenait de sa mère la science des herbes. Enfant, il la suivait sur les pentes du Piémont et ils cueillaient ensemble toutes sortes de feuilles, de fleurs et de racines. Épilobes, arnicas, gentianes, alchémilles, génépis lui avaient révélé leurs secrets et il savait aussi les plantes du diable, celles qui peuvent guérir et tuer. Il soignait bêtes et gens et son savoir était respecté de tous dans son village. À la mort de sa mère, il avait dû, comme elle, faire le serment de toujours soigner, sans aucune distinction. Dans la culture piémontaise, les plantes sont un don de Dieu et ceux qui savent sont ses serviteurs.

Au bout d'une heure de récolte, il revint avec un sac plein d'herbes, il en donna une poignée à Giancarlo :

« Fais bouillir de l'eau, mets ça dedans. Trois ou quatre litres et tu lui en fais boire autant qu'il pourra. Je prends la mule et je monte voir les autres, sinon ils vont crever.

— Mais tu sais pas où c'est ?

— La mule saura ! »

Dans le tunnel en tôle qui servait d'abri aux militaires, l'odeur était insoutenable, les hommes n'avaient plus la force de se lever. Pendant deux jours, Luigi s'employa à faire boire sa tisane aux malades. Il redescendit le troisième jour et trouva le jeune soldat sur ses jambes :

« J'ai laissé ta mule là-haut, tu peux remonter, tes compagnons vont mieux, mais jetez vos putains de conserves.

— Plutôt mourir de faim que de remanger cette saloperie ! »

Après cet épisode, Jean voua une admiration sans bornes à Luigi, lui parlant à tout moment du résultat qu'il avait obtenu. Il venait toujours vers lui avec une poignée d'herbe à la main : « Et ça, c'est bon pour quoi ? » Luigi riait : « Ça ! C'est juste bon pour les vaches ! Ou pour les bourricots comme toi ! Prends patience, je te montrerai, mais il faudra du temps. » Et l'autre riait à son tour.

Par moment, l'exil leur semblait supportable. Ils étaient à l'aise dans le travail, et la compagnie de ce gamin leur était agréable, mais la crainte d'être trahis était toujours là. Pas une nuit sans réveil en sursaut, au moindre cri d'un oiseau de nuit, à la moindre chute de pierres.

Les traîtres

Le vingt-neuf juillet, trois hommes arrivèrent du village. Ils étaient précédés par deux militaires. Les deux Piémontais furent surpris, ni eux ni Jean n'avaient entendu le groupe arriver. Celui qui semblait le plus gradé des deux s'avança :

« Bonjour Messieurs, capitaine Durbec, quinzième bataillon des chasseurs alpins de Barcelonnette et voici le sous-lieutenant Giordano. Pouvez-vous décliner vos identités, s'il vous plaît ? »

Jean se mit en tête de parler en premier :

« Ce sont des Piémontais, mon capitaine, ils travaillent ici avec moi.

— Je n'ai pas souvenir de vous avoir adressé la parole, jeune homme, alors taisez-vous ! Giordano ! Traduisez leurs propos ! Exécution !

— Nous sommes Italiens, du Valle Maira, dit Giancarlo. Nous avons quitté notre village pour fuir devant les fascistes de Mussolini. Ils prennent tous les hommes pour les envoyer se battre contre les Russes. Nous sommes résistants, mais les chefs de notre réseau ont ordonné à tous ceux qui pouvaient de quitter le pays et de fuir vers la France.

— Vous aviez un contact en France ? »

Giancarlo ne répondit pas. Durbec le prit par le bras et l'entraîna à l'écart du groupe.

« En zone occupée n'est-ce pas ? demanda le gradé.

— Oui, mon capitaine.

— Et comment avez-vous atterri ici ?

— Un peu par hasard, on nous a dit qu'il y aurait une possibilité pour du travail.

— Vous êtes toujours en relation avec votre contact ?

— Non, mon capitaine.

— C'est Marco Braggi, n'est-ce pas ?

— Oui, mon capitaine.

— Nous sommes en relation avec votre réseau. À partir d'aujourd'hui, vous êtes sous mon commandement.

— À vos ordres mon capitaine ! »

Il le ramena vers les autres.

« Venez avec moi. Monsieur le Maire ! S'il vous plaît, approchez ! »

L'autre s'avança, avec son air fourbe et son regard fuyant, en tripotant son chapeau. Giancarlo se souvint des mots de Jean à son sujet, c'était un de ces hommes sans caractère et sans âge. Son sourire mesquin se mariait parfaitement avec sa voix de fausset.

« Monsieur le Maire, c'est donc vous qui avez dénoncé ces hommes comme étant de dangereux ennemis du pays ?

— Oh vous savez ! Il faut se méfier des Italiens, ce ne sont que des menteurs et des voleurs.

— Eh bien Monsieur le Maire, sachez que je suis en mesure de vous faire arrêter et de vous faire juger devant un tribunal militaire pour trahison envers l'armée française. Ces hommes sont sous mon commandement et ils ont, grâce à leur savoir de montagnards, sauvé la vie des hommes de mon bataillon qui est en poste sur le mont Pelvoux. Par conséquent, vous descendrez au village sous mon escorte et y serez assigné à résidence jusqu'à ce qu'une décision soit prise à votre sujet par ma hiérarchie. »

L'autre crétin tenta de protester.

« Silence, vous êtes prisonnier ! Vous n'aurez la parole que lorsqu'on vous la donnera ! Je vous ordonne, ainsi qu'à vos deux adjoints ici présents, de garder un silence absolu sur cette affaire. Giordano ! Nous allons descendre vers le village en suivant ces hommes, je règle quelques détails.

— À vos ordres mon capitaine ! »

Il revint vers les bergers.

« Voilà qui est réglé. Quelqu'un viendra un de ces jours pour vous fournir des laissez-passer, vous pourrez ainsi vous déplacer sans ennuis. Mais vous devez rester ici pour l'été, vous serez le contact de votre réseau en zone libre. Vous serez probablement amenés à accueillir et à accompagner des gens de chez vous dans les semaines à venir. Est-ce bien clair ?

— Oui mon capitaine !

Luigi prit la parole :

— Mon capitaine, et le gamin ?

— Vous le connaissez ?

— Oui mon capitaine, c'est un orphelin, son père a été fusillé. Il ne sait pas par qui ni pourquoi. Il est courageux et travailleur.

— Bien ! Je le place sous votre responsabilité, il aura un laissez-passer lui aussi.

— Merci mon capitaine !

— Giordano ! En route avec ces trois minables. Et à la moindre tentative d'évasion, on tire dans le tas ! Messieurs, bonne chance, bon courage et merci d'avoir soigné mes hommes. »

Luigi

Comme chaque année, août signa la fin de l'été. Les journées plus courtes, les orages presque quotidiens donnaient à la montagne ses premières teintes d'automne. Les crêtes, pelées par les moutons, étaient déjà grises. Les vaches couraient après l'herbe fraîche sous les mélèzes, obligeant les bergers à aller les chercher chaque jour un peu plus loin.

Depuis la venue du capitaine Durbec, les soldats du Pelvoux et de Gravières descendaient plus souvent. Luigi devint en quelque sorte médecin militaire. Les résistants fugitifs furent de plus en plus nombreux après le quinze. Certains arrivaient de Turin, ou de plus loin encore. Ils restaient là une nuit, quelques jours parfois, et repartaient, espérant atteindre Nice, puis Marseille ou Toulouse. D'autres devaient rallier Lyon, puis Paris pour rejoindre les réseaux français. Giancarlo et Luigi leur étaient précieux, offrant le gîte et le couvert, mais aussi des renseignements donnés par les militaires. Les villageois semblaient avoir compris la leçon donnée par Durbec. Une fois par semaine, un homme montait avec une mule chargée de provisions. Giancarlo préparait de pleines marmites de polenta qu'accompagnaient des civets de chamois ou de marmotte.

La cave se remplissait de tomes. Jean passait ses journées à saler, brosser et retourner les fromages. Aux convives de passage, il expliquait son travail avec passion et fierté en râpant des copeaux dans la soupe du soir.

Il devenait un homme, sous les yeux attentifs des deux Piémontais. Depuis l'affaire des soldats, Luigi l'avait pris sous son aile. Par un après-midi calme, il avait fini par lui demander :

« Qu'est-ce tu te souviens de tes parents ? Gêné et agacé, le gamin avait répondu :

— Mon père est mort, et j'ai pas de mère !

— Mais enfin Jean, on a tous une mère ! Tu dois bien avoir un souvenir !

— Je me souviens d'une femme, une vieille, mais je sais pas si c'était ma mère.

— Et le type qui t'as amené ici, l'André, il doit bien savoir d'où tu sors, non ?

— J'en sais rien, je l'ai pas vu beaucoup. C'est lui qui m'a dit que mon père avait été fusillé par des soldats.

— Mais ton père, tu l'as vu quand pour la dernière fois ?

— Il y a deux ou trois ans, il m'avait placé dans une ferme, vers Mas-Thibert, au mas de Lanau. Il y avait des moutons, les gens étaient gentils, j'étais logé et nourri, et je gardais un troupeau en échange. Ils ont une fille de mon âge, on s'entendait bien.

— C'est ton amoureuse ?

— Oh non ! Avec les filles je ne sais pas trop faire !

— Quand tu auras trouvé la bonne, tu sauras comment faire ! Pourquoi tu n'es pas resté là-bas ?

— Un matin, l'André est arrivé, il a expliqué pour mon père, et il a dit que je devais partir dans les Alpes avec lui, et voilà tout.

— Et à la fin de l'été, tu sais ce que tu vas faire ?

— J'en sais rien.

— Qui t'as appris pour le fromage, les vaches et tout le reste que tu fais ?

— C'est l'André, quand on est arrivés ici. Il parlait pas beaucoup, mais il me foutait la paix, lui, pas comme l'autre salaud. Mais va, en attendant, il est crevé et c'est bien fait pour sa sale gueule. Il fera plus de mal à personne, enterré sous les cailloux.

— Et tu sais pas où il est allé, l'André ?

— Non, il n'a rien dit. Il a parlé avec le Marcel de choses que j'ai pas comprises, de l'argent, d'une fille, de Toulon peut-être… Ça avait pas l'air trop propre, il m'a semblé.

— Il n'a pas dit qu'il reviendrait te chercher ?

— S'il l'a dit, je l'ai pas entendu. Et vous, à la fin de l'été, vous repartirez en Italie ?

— En Italie, si les fascistes nous prennent, ils nous tueront. On descendra vers Arles, on connaît du monde là-bas, on doit rejoindre les camarades du réseau. Pour le moment, on attend les ordres, tant que la neige ne barre pas les cols, on reste ici pour recevoir ceux du pays. Quand on partira, si tu veux, on t'emmène avec nous.

— D'accord, je viendrai. »

L’André

Le matin de la Saint-Gilles, le temps avait tourné au Nord. La lombarde faisait voler une pluie mauvaise comme du petit plomb, Gravières et Autcellier s’étaient encapuchonnés de nuages et l’eau était prise dans l’abreuvoir.

« Merde ! C’est déjà l’hiver ? fit Jean en sortant pour traire.

— C’est qu’un coup de chien ! répondit Giancarlo. En attendant, on va traire dedans, les bêtes seront mieux et nous aussi ! »

L’écurie permettait d’attacher une vingtaine de vaches et le dallage était traversé en son milieu par une rigole qui facilitait le nettoyage, mais la traite à l’extérieur étant beaucoup plus simple, les hommes en réservaient l’usage aux jours de grand mauvais temps. Les bêtes furent dociles à rentrer et le travail se fit dans la bonne humeur.

Sur le coup de midi, la neige remplaça la pluie, obligeant les bergers à rentrer à nouveau le troupeau, évitant par là même qu’il ne descende en cavalant vers le village :

« On les laisse dedans jusqu’à demain, on sera plus tranquilles. »

Vers sept heures du soir, il s’arrêta de neiger, la lombarde nettoya le ciel, fit sortir les étoiles, voler la neige à l’horizontale et transforma le plateau en un désert glacé.

Les hommes mangèrent autour du feu. Ce temps ne simplifiait pas leurs affaires, il allait peut-être falloir partir, faire affaire avec ceux du village, plus tôt que prévu. Jean était inquiet :

« Va savoir quand ils monteront, ces crétins, pour chercher leurs vaches et leurs cochons. Et il faudra régler les comptes, ça sera à peu près aussi commode que de chier sous un parapluie ! »

Les deux Piémontais éclatèrent de rire.

« Celle-là, on l'avait jamais entendue ! Mais tu as raison, ça risque d'être difficile. J'ai quand même une idée qui pourrait simplifier la partie, dit Luigi.

— Dis-lui, Giancarlo.

— Ceux du village, tu l'as bien vu, ils font dans leurs pantalons dès qu'ils voient un soldat, et nous avec les soldats, on est plutôt d'accord, non ?

— Ça, c'est bien vrai et alors ?

— Le jour où ils monteront chercher les vaches, les cochons et le fromage, ils seront bien obligés de nous prévenir, tu suis ?

— Et ce jour-là, on fera venir les soldats !

— Et voilà, tu as compris ! On leur expliquera la situation et ils feront en sorte que tout se passe bien. »

On frappa à la porte. Trois coups. Giancarlo fit signe de se taire et glissa vers les paillasses pour y saisir les deux revolvers. Il en passa un à Luigi puis entraîna Jean vers le côté de la porte et lui fit comprendre de parler.

« Qui est là ?

— C'est toi Jean ? C'est André, ouvre-moi !

— Tu es seul ?

— Mais oui, je suis seul ! Je sais qu'il y a des hommes avec toi, je veux du mal à personne, je ne suis pas armé. Mais putain, ouvre-moi ! Je vais crever de froid devant cette porte ! »

Giancarlo, d'un geste, ordonna à Jean d'ouvrir lentement la porte. Il se glissa sur la droite pendant que Luigi se mettait de l'autre côté. Aussitôt que l'homme apparut, il le maîtrisa en le tenant par-derrière et le plaqua au sol.

« Fouille-le Luigi !

André ne bougeait pas d'un pouce. Il dit seulement :

— Eh, doucement les gars ! Je veux du mal à personne, je suis de votre côté. »

Il n'avait pas d'arme, en effet. En lui mettant le revolver sous le menton, Luigi le fit asseoir.

« Si tu bouges, t'es mort !

— Je bouge pas, je bouge pas !

— Qui t'as dit que Jean n'était pas seul ? demanda Giancarlo.

— On me l'a dit au village, on m'a dit aussi que le Marcel avait foutu le camp sans prévenir, mais enlevez-moi ce pétard, par pitié, ça part pour un oui ou un non ces machins-là. Dis-leur Jean, je veux du mal à personne.

— Qu'est-ce que tu viens foutre ici, par ce temps de chien, à la nuit tombée ? continua Giancarlo.

— Je voulais arriver plus tôt, mais la pluie m'a retardé. Je suis monté à pied de Saint-Sauveur, ça fait une tirée, en plus les Italiens sont partout dans la vallée, ils ont arrêté le car de Nice trois fois et à chaque fois, il a fallu montrer les papiers, tu parles d'un merdier cette guerre. Je suis venu pour voir Jean, j'ai quelque chose d'important à lui dire.

— Qu'est-ce que tu veux me dire ? dit Jean, agacé.

— C'est important ce que j'ai à dire, même très important. Mais je suis crevé, j'ai rien mangé depuis un morceau de mauvais pain ce matin. Au village, tu penses, ils sont radins comme c'est pas permis, ils ont pas risqué de me faire manger, pas même un verre d'eau. »

Luigi fit signe à Jean qui se leva et remplit une assiette de polenta. Il y ajouta deux tranches de tome. André se jeta sur la pitance en remerciant :

« Oh ! Que ça fait du bien de manger chaud ! J'ai cru que je n'arriverais jamais, j'avais plus de jambes, avec ce temps de merde. La tome, c'est la tienne petit ?

— Oui, c'est la mienne.

— Tu la réussis bien, bravo ! C'est comme je t'ai appris, ou comme le Marcel ? »

Luigi le coupa sèchement :

« On parle plus du Marcel ici ! Il est parti, disparu le Marcel !

— Bon, bon d'accord, ne te fâche pas. Le fromage est bon en tout cas, tu as pris de la graine, petit, c'est bien, je suis content pour toi. »

Dehors, la lombarde redoublait de force, un volet tapait quelque part. Les Piémontais ne quittaient pas André du regard. La violence du temps semblait être entrée dans la pièce. Les quatre hommes se jugeaient, les échanges étaient brefs et secs. Tous avaient appris par la force des choses à se méfier des autres, la guerre a cet effet-là, ceux qu'elle ne tue pas, elle les rend mauvais, méfiants comme des bêtes et il faut ensuite des années ou des générations pour oublier. Jean finit par demander :

« Tu as dit que tu venais pour me dire quelque chose.

— Je dois t'expliquer la situation, mais même si ça plaît pas à tout le monde, il va falloir que je parle du Marcel. »

Luigi soupira :

« Eh bien, parle !

— Bon, ton père, le Marcel et moi on s'est embarqué dans une drôle d'affaire, avec un quatrième, un de Manosque, mais celui-là est mort.

— Attends un peu ! fit Giancarlo. Pourquoi tu dis : celui-là est mort ? Les autres sont vivants, alors ?

— C'est justement ça, on reste trois.

— Comment ça, trois ? Et le père du petit, alors ?

— Ton père, Jean, est vivant comme toi et moi.

— Mais tu es venu me chercher en me disant que les soldats l'avaient fusillé ! Qu'est-ce que c'est ce bordel ?

— Laisse-le parler ! fit Luigi. Il va bien falloir qu'il s'explique ! » Son regard était noir comme de la suie.

« Je veux du mal à personne, je suis venu ici pour t'expliquer, pas pour faire du tort.

— Tu as plutôt intérêt !

— Tous les quatre avant la guerre, on se connaissait déjà, on avait fait des campagnes ensemble. On faisait les foins en Crau, on tondait les moutons, on les gardait dans les *Coussouls*[8], on est même partis faire les vendanges dans le Var une année. L'hiver dernier, on s'embauche avec ton père pour garder au mas Vaillant, près d'Eyguières chez une comtesse. Deux mille regos, une grosse maison. On était huit ou dix entre tous, bergers, valets de ferme, domestiques… Un soir, une des femmes de chambre, Louisette qu'on lui dit, vient nous trouver dans le bout de cabane qu'on partageait avec ton père. Bon, il faut dire qu'on avait un peu le béguin l'un pour l'autre. On se met à discuter tous les trois, on boit un canon, puis deux puis trois, équeutera… La fille parle et parle encore, elle finit par nous dire qu'il y a un trésor de caché dans la ferme, un gros paquet et qu'elle sait où. Nous, on fait semblant de pas relever, mais elle finit par dire la cachette. Quand je l'ai eu raccompagnée elle tenait plus droite, saoule comme un cochon, ça nous a travaillé toute la nuit et au matin on se regardait comme deux couillons dans la bergerie, à savoir celui qui allait en parler le premier.

— Et après ? demanda Giancarlo.

— J'y viens, j'y viens. La fille, comme je fricotais un peu avec elle, je me suis rendu compte qu'elle ne se rappelait de rien. Et, avec le père du petit, on s'est mis à gamberger, on ne pouvait pas garder un secret aussi lourd. Le Marcel et celui de Manosque

---

[8] *Coussouls* : Parcelles de Crau sèche.

gardaient pour un de Raphèle, on est allés les voir à leur mas un soir après avoir *amarré nos rai*[9], et tu penses, ils ont tout de suite mordu. Un gros paquet de pognon, ça fait peur à personne. On a décidé d'attendre le printemps pour faire notre coup, après la vente des agneaux. Mais ça s'est mal passé, on a été surpris par la comtesse qui s'est mise à gueuler comme un cabri. Ton père lui a flanqué un coup de poing dans la figure pour la faire taire, elle est tombée à la renverse contre une commode.

— Et alors ?

— Alors on a pris le large au plus vite, tous les quatre, c'est le lendemain qu'on a su que ça l'avait tuée. Il fallait qu'on dégage, avant que la flicaille se mette sur nos traces. Le manosquin a décidé de rentrer chez lui, mais à un barrage à l'entrée de Pertuis, il a voulu s'enfuir et les gendarmes lui ont mis une balle dans le dos.

— Ton père, vu que c'est lui qui a frappé sur la vieille, a décidé de se faire passer pour mort, il est parti dans la nuit, il m'a juste dit de m'occuper de toi et de t'emmener le plus loin possible. Je connaissais cet endroit par la Louisette, qui sortait d'ici, il fallait quelqu'un pour l'estive, et voilà comment on est arrivés là.

— Pourquoi le Marcel a rappliqué et pourquoi tu n'es pas resté ? demanda Jean.

— Le Marcel, il est pas bien malin, il a voulu repartir dans sa famille dans le Var, mais le jour où les poulets ont débarqué, il s'est tiré par-derrière et il est arrivé ici. Évidemment, on pouvait pas rester là tous les trois, je suis parti rejoindre Louisette. Après la mort de la comtesse, elle est allée s'embaucher à Toulon.

— Et mon père, tu sais où il est ?

— À Toulon, j'ai rencontré une femme qui l'a hébergé quelques jours. Il serait parti en Auvergne, mais j'en sais pas plus.

---

[9] *Amarré nos rai* : Enfermé nos troupeaux (dans la bergerie.)

— C'est où ça, l'Auvergne ?

— Dans le centre de la France, le Massif Central.

— C'est loin ?

— C'est pas à côté, mais ne va pas te mettre en tête de partir là-bas, tu t'attirerais des ennuis. Ce que je ne comprends pas, c'est que le Marcel soit parti, et où il a bien pu filer. C'est pas trop son genre. À moins qu'il lui soit arrivé quelque chose… »

Il n'y eut pas de réponse, et un grand silence suivit. Dehors, le vent se calmait, on entendait par moment une vache tousser ou agiter sa cloche. L'arrivée d'André rebattait les cartes, le retour de ce père risquait de perturber Jean, sans compter que la disparition de Marcel lui semblait suspecte. Les Piémontais devaient trouver une parade, il n'était pas question que ce rebondissement vienne contrarier leurs activités futures, il allait falloir jouer serré. Luigi demanda :

« Tu comptes rester longtemps ici ?

— Non, je repartirai demain, si vous me laissez me reposer pour la nuit. Je devais parler au petit, c'est fait, je repars à Toulon, j'ai promis à Louisette que je reviendrai, je crois qu'il est temps que je me range. Avec elle, j'aurai plus de chances de faire oublier mes conneries, enfin, on verra bien. »

Pour d'autres raisons, il était fugitif, lui aussi. On lui tira une paillasse. Il passa la nuit entre les deux Italiens, toujours méfiants.

À l'aube, il les accompagna à la traite, ils mangèrent ensemble. Giancarlo lui donna un morceau de fromage et une part de polenta, pour la route. Luigi lui dit :

« Ne reviens pas et oublie-nous.

— Oubliez mon histoire, et j'oublierai la vôtre. Je suis revenu pour le petit, pas plus. Je me fous de savoir ce qui est arrivé au Marcel, c'est un pas grand-chose. Je ne m'occupe pas des affaires des autres, j'en ai bien assez des miennes. Donnons-nous parole ! »

La parole fut donnée dans une poignée de main, les yeux dans les yeux, comme il se doit de faire. André dit seulement à Jean :

« Oublie tout ça petit, un jour ou l'autre ton père reviendra, tu peux me croire. »

Quand il partit, le soleil sortait, l'eau coulait du toit.

« Revoilà le beau temps, on va pouvoir sortir les bêtes. »

Vers Arles

En septembre, les passages furent moins fréquents, les gelées du matin devinrent quotidiennes, la montagne était rousse. Le jour de la Saint-Michel, les villageois vinrent régler les comptes et descendre leurs bêtes. Sous l'œil des soldats, tout se passa dans le calme. La quantité de fromage nécessita un deuxième voyage avec les mules le lendemain. Les trois hommes touchèrent leur dû et Jean empocha ce qui devait revenir au Marcel, vu qu'il avait disparu sans laisser de trace. Il tenait là la plus belle des revanches. Quelques jours plus tard, l'ordonnance du capitaine Durbec apporta les laissez-passer et les prévint qu'ils étaient attendus à Arles dans la semaine suivante. À eux de se débrouiller pour y arriver dans les temps. Leur contact était un certain Gino qui leur donnerait les instructions. Autour du cinq octobre, ils levèrent le camp. C'était un matin froid et pluvieux, à travers les nuages on apercevait les crêtes saupoudrées de neige : la montagne leur disait de partir. Ces trois hommes en besace et leur chien satellite sur l'immensité du plateau paraissaient infiniment petits. La guerre les mettait une nouvelle fois sur les chemins, sans certitude, avec la seule ambition de se battre pour un pays qui n'était pas le leur, contre un ennemi monstrueux et démesurément supérieur. Ces trois silhouettes grises et frêles, dans ce lever du jour morne, semblaient dérisoires. Ces bergers étaient pourtant animés d'une volonté farouche de retrouver la paix et la liberté.

À Roubion, ils trouvèrent la camionnette crasseuse d'un marchand d'huiles pour moteurs. Il accepta de les amener jusqu'à Guillaumes. Ils y restèrent pour la nuit, couchèrent dans l'écurie d'un muletier. Ils firent leur repas d'un pain d'un kilo qui accompagna du fromage emporté de Longon. Luigi trouva un litre de vin chez l'épicier de la rue du Four Banal. Jean ouvrait de grands yeux sur tout ce qu'il voyait, avalant l'aventure à grandes goulées. Le car pour Digne ne partait qu'à dix heures le lendemain. Ils profitèrent du début de la matinée pour trouver des habits propres et des souliers en état de marche. Les Piémontais offrirent une casquette à Jean, qui refusa d'abord, puis accepta, après que Giancarlo lui ait dit qu'il allait plaire aux filles. Leur déambulation les fit passer devant l'église Saint-Étienne. Jean les suivit à l'intérieur, un peu surpris. Luigi lui dit à voix basse :

« On va allumer un cierge, il ne faudrait pas que le Bon Dieu nous oublie. »

En arrivant sur le boulevard, ils aperçurent un groupe de soldats, assis sur un bord de mur, qui passaient le temps en roulant des cigarettes : « Luigi ! » Un grand gaillard sortit du groupe.

« Luigi ! Le maître des plantes et des herbes ! »

C'était un des soldats qu'il avait soignés sur Pelvoux.

« On rentre à Barcelonnette, notre mission est terminée. Les autres descendront la semaine prochaine, je suis le premier à rejoindre le régiment. »

Il attira les trois hommes vers les autres soldats :

« Ces gars-là nous ont sauvé la vie. »

S'en suivirent félicitations et poignées de main viriles ! Le gamin était ébahi par ces hommes francs et sincères, il découvrait la fraternité et l'amitié. Ce sentiment le comblait, la vie lui semblait à nouveau possible. Il laissait progressivement les cauchemars sur le plateau de Longon. Giancarlo et Luigi l'entouraient de toutes les attentions possibles, lui apprenaient l'italien et le *dialetto*, ce qui donnait lieu à fous rires et moqueries.

En arrivant à Digne, le car fut arrêté par les gendarmes, mais les laissez-passer furent efficaces. Le capitaine se permit même un :

« Ce cher Durbec, on ne s'est pas vu depuis un moment… Dans un soupir.

— Cette guerre est une bien sale affaire, bonne chance ! »

Le trajet entre Digne et Manosque s'arrêta aux Mées, la Durance était de sortie. Depuis Volonne, elle avait couché les roseaux sur toute la largeur du lit. De l'Escale à Malijai, on ne voyait plus ni route ni chemin. Tout était recouvert de ses eaux boueuses. Un cheval mort gisait sur le dos dans un fossé, le ventre gonflé d'eau et de gaz. « *Porca miseria !* » fit Giancarlo en découvrant le tableau.

Le car remonta jusqu'à Malijai tant bien que mal, et débarqua les passagers à l'entrée du village. Le chauffeur les laissa se débrouiller, mais l'auberge était pleine à craquer, pleine de gens en famille, avec des petits qui pleuraient. Les trois hommes trouvèrent quand même un peu de pain, un morceau de ventrèche et un litre de vin et décidèrent de monter vers Puimichel à pied. Ils y arrivèrent à la tombée de la nuit. Un vieux barbu les arrêta à l'entrée :

« Vous êtes perdus ?

— Non, dit Jean, on était dans le car pour Manosque, mais la route est coupée par la rivière.

— J'ai un bout d'écurie avec mes quelques brebis, si ça peut vous faire passer la nuit…

— Je crois qu'on n'aura pas trop le choix, fit Luigi.

— Vous êtes Italiens ? demanda le vieux.

— Oui, on vient du Piémont.

— Mes parents sont venus ici quand j'étais gamin, de Cuneo, alors je vous accueille volontiers. On ne voit pas grand monde ici, vous pensez bien qu'avec cette putain de guerre… Les hommes sont devenus fous, les uns contre les autres, alors qu'au final, on est tous pareils. Ça finira bien mal, en arriver à mon âge pour voir ça, autant mourir jeune… Je vous jure ! »

Le vieux s'appelait Séraphin, ses parents l'avaient baptisé Serafino, mais il avait bien fallu s'intégrer. Il traînait encore quelques brebis autour du village, au bord des chemins et quelques chèvres pour le lait. Si l'italien lui avait échappé, il parlait toujours un *dialetto* impeccable et il fut surpris lorsque Jean lui donna la réplique : « C'est bien de savoir parler une autre langue que la sienne, apprends l'italien aussi, la guerre s'arrêtera bien un jour. » Au-delà de sa barbe grise, on ne voyait que ses deux petits yeux bleus malins cernés de rides et pleins de gentillesse. Les hommes s'installèrent sur la paille de la petite écurie, dans l'odeur douce des herbes d'automne ruminées. Le vieux s'amena un peu plus tard, une bouteille de gnôle à la main : *« Pace e salute ! Morte ai fascisti ! »*

Avant de s'endormir, Giancarlo glissa à Jean : « Tu vois petit, le Bon Dieu est toujours avec nous.

— Tu crois que c'est le cierge de Guillaumes ?

— C'est bien possible.

— Il faudra penser à en mettre un autre.

— On le fera. *Buona notte*. »

Le lendemain, Séraphin leur arrangea la descente vers Oraison et La Brillanne dans le camion du laitier. Ils se quittèrent avec la tristesse de ceux qui savent qu'ils ne se reverront plus. Le vieil homme détestait la guerre. Elle lui avait pris son seul fils en mille neuf cent seize, dans un endroit inconnu de la Meuse, bien loin des collines de Haute Provence. De ce jeune homme aux traits fins et à la barbe blonde, il ne lui restait qu'un nom gravé sur le monument aux morts du village. Ce nom qui brûlait au soleil de l'été et qui se gelait sous la neige. Quelques années plus tard, il avait retrouvé sa femme pendue dans la grange, emportée par le chagrin. Il était devenu mi-berger, mi-clochard, mais respecté de tous. Il parlait toujours en suivant ses bêtes, sans savoir vraiment à qui, sans savoir pourquoi. Au moment du départ, il serra Jean dans ses bras et, les yeux pleins de larmes, il lui dit : « Fais attention à toi petit, fais attention, il y a peut-être quelqu'un qui t'attend quelque part. » Et la camionnette avait disparu dans la brume du matin. À Manosque, ils trouvèrent des compatriotes dans un café de la place du Terreau. Deux d'entre eux s'apprêtaient à rejoindre Marseille pour intégrer la Main d'Œuvre Immigrée, le réseau M.O.I.

Les Bulgares

Depuis quelques semaines, la situation évoluait dans les villes provençales, notamment à Aix. Si la ville avait été pétainiste au début de la guerre, les mouvements d'opposition apparaissaient dans tous les quartiers, et des manifestations spontanées ou organisées avaient lieu, hostiles au gouvernement de Vichy. On leur donna une adresse où ils pourraient passer une ou plusieurs nuits en sécurité.

La situation en ville était confuse. Les contrôles de police pouvaient se produire n'importe où, la population semblait méfiante, hâtive dans ses déplacements. Les laissez-passer de Durbec étaient lus parfois avec suspicion, mais ils permirent néanmoins aux trois bergers d'arriver jusqu'à la rue des Cardeurs où ils devaient passer la nuit. L'immeuble était crasseux et le couloir sentait la pisse. Des gamins sales jouaient dans la rue. Deux types, assis à califourchon sur des chaises, fumaient sur le trottoir en parlant une langue inconnue. Un homme costaud en maillot de corps, mal rasé et poilu comme un singe les arrêta au bout du couloir : « *Cude otivas ?* » Giancarlo, qui ne comprenait pas le bulgare, lui répondit : *« Siamo italiani.*

— Ah, si ! Italiani. Seguimi. »

Ils montèrent deux étages et le costaud les fit attendre devant une porte, il frappa trois coups, puis deux. Quelqu'un répondit en italien :

« Chi è ?

— Tre italiani. »

Un jeune homme passa la tête dans l'embrasure :

« Qui êtes-vous ?

— On a eu l'adresse par Vittorio Pardi, à Manosque.

— Entrez ! »

Puis, au Bulgare :

« Va bene, grazie. »

Ils entrèrent dans une pièce enfumée de tabac. Sur la table traînaient un reste de repas et une bouteille de vin. Trois autres jeunes hommes se levèrent pour saluer les arrivants. Dans une seconde pièce, on devinait des matelas à même le sol et sur une commode, un poste TSF. Luigi prit la parole :

« On arrive des Alpes, on doit rejoindre Arles au plus vite, on est attendus là-bas. On a été retardés par la crue de la Durance. »

Celui qui semblait le plus âgé des trois lui répondit :

« Il y a un car tous les matins pour Salon et Arles, vous pourrez le prendre demain. Mais il faudra des laissez-passer.

— Nous en avons », dit Giancarlo en sortant les documents.

L'homme les regarda avec attention.

« Vous êtes en France depuis quand ?

— On est arrivés en juillet, par Vinadio. C'est le commandement du réseau qui nous a demandé de partir. Ensuite, on a passé l'été sur un alpage, à traire des vaches, on a reçu l'ordre du capitaine Durbec de rester là-haut pour accueillir des camarades.

— Oui, nous savons. J'ai vu Marco à Mas-Thibert la semaine dernière. Son troupeau est arrivé le trois. Vous le verrez bientôt.

— Marco est mon cousin, dit Luigi. Nous devons rencontrer Gino à Arles.

— Je sais aussi que Marco est ton cousin. Vous ne verrez pas Gino directement, c'est le chef du réseau, vous passerez par

Marco qui vous le fera rencontrer. Vous recevrez les ordres après. Et ce gamin, il est avec vous ?

— On l'a rencontré sur l'alpage, il est des nôtres. »

L'homme s'adressa à Jean :

« On aura besoin de jeunes comme toi, tu es français, ça peut servir. Tu parles italien ?

— *Si, un po`, e anche il dialetto.* »

Il regarda Luigi en souriant qui acquiesça.

« *Bene, bene* ! » fit l'homme.

« Vous avez mangé ?

— Pas grand-chose depuis hier, dit Giancarlo.

— Venez, on descend chez les Bulgares, il y a de quoi chez eux. »

Au premier, des femmes cuisinaient du chou et du lard. Elles semblaient être la grand-mère, la mère et la fille. Le costaud en maillot les rejoint. La jeune fille se prit d'affection pour le labrit, et lui fit boire un peu de lait dans une sous-tasse. De temps en temps, en caressant le chien, elle envoyait des regards discrets à Jean qui se trouva aussi embarrassé qu'une poule qui a trouvé un couteau. On leur servit de pleines assiettes chaudes. L'homme qui les avait accompagnés expliqua que des résistants bulgares exilés avaient rejoint le réseau. Ils étaient présents à Aix, Arles et Marseille.

Lorsqu'ils eurent fini de manger, ils remontèrent d'un étage.

« Ça va être l'heure de la radio.

— La radio ? demanda Jean.

— Oui, la radio de Londres, la radio de De Gaulle. »

Toute l'équipe se rassembla autour de la TSF dans un silence cérémonieux. Tout à coup, au-delà des grésillements, on entendit une voix qui exhortait tous les hommes valides, civils ou militaires, à rejoindre les rangs de la résistance. Il était souvent question du général, et le gouvernement de Vichy était accusé de haute trahison. Les Italiens demandaient à Jean de traduire lorsqu'ils ne comprenaient pas. Lui-même était fasciné par cette machine qui permettait d'entendre des paroles venues d'un autre pays, mais aussi par la puissance du message. Il comprit ce jour-là que des hommes, de toutes nationalités, étaient unis contre les fascistes. Entre eux, cette radio fragile et grésillante représentait un formidable lien et un immense espoir.

À sept heures, le lendemain matin, les trois hommes descendirent pour aller attraper le car pour Arles. Dans le couloir du premier, les Bulgares au grand complet les attendaient. Luigi eut un temps d'arrêt, mais le gros costaud poilu, lui fit signe amicalement de s'avancer. Milena, la jeune fille vue la veille, tenait dans ses mains un emballage de papier. Un des Italiens du second – Enzo – traduisit. Milena avait travaillé le soir pour préparer des pains bulgares pour les bergers, des petits pains au fromage qu'elle voulait offrir à Jean. Giancarlo et Luigi comprirent la situation et l'attrapèrent pour le pousser vers la jeune fille. Derrière elle se tenait son père, les bras poilus croisés sur sa bedaine. Il avait le regard méfiant et il respirait fort par le nez. Devant le sourire niais du gamin, Milena s'avança et après quelques mots en bulgare, posa un baiser d'oiseau sur sa joue et lui tendit le cadeau. Jean, encouragé par ses deux comparses, finit par oser faire de même. Les deux femmes et le costaud saluèrent le geste avec une approbation bienveillante. « Elle dit qu'elle est heureuse de te rencontrer, et qu'elle souhaite te revoir un jour », annonça Enzo. Jean baragouina des paroles inaudibles que le traducteur transforma en un propos parfaitement limpide qui enchanta toute la famille. Sur ce, ils saluèrent la compagnie, prirent l'escalier et se retrouvèrent dans la rue.

« Tu vas nous faire manquer le car ! dit Giancarlo en riant.

— Ce n'est pas ma faute !

— C'est de la faute de ta casquette, je te l'avais dit !

— Mais qu'est-ce qu'il a bien pu leur raconter, Enzo, pour qu'ils soient contents comme ça ?

— Il a dû leur dire que tu allais revenir pour l'épouser !

— C'est vrai, tu crois ?

— Mais non, je rigole ! Ou pas, tu verras bien ! »

La Crau

Ils arrivèrent à Arles dans l'après-midi. Le car s'arrêtait dans tous les villages et parfois en pleine campagne, quand quelqu'un faisait signe. Descendus au terminus, ils trouvèrent sans difficulté la rue Genive où ils avaient rendez-vous.

On les fit attendre. À la tombée de la nuit, Marco arriva par la rue. « Je suis en voiture, venez, on part au mas. »

Un homme, au volant d'une 202, les attendait un peu plus loin. Les quatre hommes s'y engouffrèrent, Jean prit le labrit sur ses genoux. Après vingt minutes de route et de piste, les phares jaunes éclairèrent toute la longueur de la bergerie. C'était probablement une des plus grandes bergeries de Crau. Toute en pierres avec son toit en tuiles, elle pouvait accueillir plus de mille *vassieux*[10]. La cabane, à quelques dizaines de mètres, semblait ridicule tant elle était petite. La 202 repartie, Marco invita les hommes à entrer. Antonietta était affairée à préparer une soupe dans la cheminée. Elle s'approcha des trois bergers avec un sourire immense et les embrassa tour à tour. Jean resta muet devant tant de beauté. Ses yeux ne quittaient plus la chevelure noire et abondante, les mains blanches et fines et cette démarche de princesse. Elle parlait avec calme, douceur et bienveillance. Le repas fut un bonheur. On parla d'abord du pays, puis du

---

[10] *Vassieux* : brebis vides, sans agneau.

métier. Toutes les bergeries étaient pleines de troupeaux descendant des Alpes, de brebis prêtes à l'agneau. L'herbe des prés était abondante, l'automne s'annonçait bien. Marco hésita à parler du réseau, la présence de Jean l'inquiétait. Luigi s'en rendit compte et le rassura en lui expliquant qu'il était, malgré son jeune âge, déjà très au courant de la situation. Il avait l'avantage d'être maintenant parfaitement bilingue et son visage juvénile n'attirerait pas de suspicion. Giancarlo, dans un sourire malin, rajouta : « Et en plus, avec sa jolie casquette, il attire les filles comme le miel les abeilles ! » Les hommes éclatèrent de rire et Antonietta lui adressa un sourire ravageur. Il devint instantanément rouge pivoine et sous sa chemise, son cœur battait à tout rompre. Il fut contraint par ses deux compères de raconter sa rencontre imprévue avec Milena. Antonietta, toujours aussi souriante, se contenta de dire : « C'est un très joli prénom. »

On parla ensuite des choses sérieuses. Le rendez-vous était prévu le surlendemain avec Gino. Le réseau manquait d'hommes, leur arrivée était la bienvenue.

Les bergers étaient des recrues précieuses, car leur présence apparemment innocente pouvait fournir des indications quant aux déplacements des uns et des autres, civils ou militaires.

Le réseau de la Main d'Œuvre Immigrée se mettait tout juste en place dans le pays d'Arles. Il s'agissait de recruter le plus possible de camarades, pour préparer une arrivée probable des troupes fascistes, italiennes ou allemandes. Gino les accueillit avec le sérieux d'un responsable politique. La situation des migrants italiens n'était pas confortable. La police et la gendarmerie française savaient à quel point ils étaient impliqués dans le syndicalisme et la résistance. Les contrôles quotidiens les obligeaient à une méfiance de tous les instants.

On entendit des pas dans le couloir. Des pas fermes et pressés, des hommes qui parlaient italien et français à la fois. Gino, dans un demi-sourire, se contenta de dire : « Voilà Giovanni ! »

Giovanni leur sembla être quelqu'un d'important. Il embrassa chacun des bergers, en disant à chacun « *Mio fratelli !* »

Deux hommes, Leopoldo et Lionello, le suivaient et semblaient eux aussi exercer des responsabilités. Une fois les présentations faites, il s'engagea une conversation animée entre Giovanni et Lionello. Il s'agissait de la forme qu'il fallait donner au mouvement. Deux visions s'affrontaient, l'une plus politique que l'autre.

Au bout de quelques minutes, les échanges étaient devenus inaudibles, tant les hommes parlaient en même temps. Gino finit par lever les bras au ciel : *« Basta ! Basta ! »* Giovanni s'approcha, serra les mains des bergers et dit, d'un ton grave : « Vous serez nos yeux. Embauchez-vous dans les mas. Notez tout ce que vous voyez. Les allées et venues, les voitures, marque, numéros. Les heures aussi. Mais attention, pas de carnet, mais des petits bouts de papier que vous glisserez dans vos chaussettes. Rien dans les poches. Jamais ! » Il parla aux deux autres. Il fut question du mas des Chanoines, proche du mas de Lanau, où Jean était resté avant qu'André ne vienne le chercher. Leopoldo rajouta : « En cas de grabuge, mangez les papiers. » Puis ils sortirent tous les trois, dans le même vacarme qu'à l'arrivée. *« Ciao Gino ! Ciao ! »* On entendit la voiture démarrer en trombe. Gino dit, en levant les yeux au ciel : « Voilà, vous connaissez les patrons ! »

Gino

Jean se retrouva logiquement aux Chanoines, Giancarlo du côté de Maussane et Luigi à Mouriès. Gino avait suffisamment d'amis pour pouvoir placer des bergers, des ouvriers maçons ou des bûcherons dans toute la Crau. Jean était le seul français au milieu d'Italiens, d'Espagnols, d'Arméniens et de Bulgares. Il remplaça au pied levé un certain Totor, petit homme noir comme un bouc, et qui gueulait à chaque parole. Il parlait un italien compliqué, mitigé d'espagnol et d'autres mots faits maison. Les quelques indications qu'il donna furent incompréhensibles. Jean en prit son parti et lorsque les bêtes furent rentrées, il fila au plus vite à Lanau. Il y retrouva Jacques, Maryse et leur fille Hélène, pour qui il avait travaillé jusqu'au printemps. Ils le gardèrent pour souper. Jacques connaissait le mas des Chanoines comme sa poche, et ses indications furent plus claires que celles de Totor. Le propriétaire du troupeau possédait une grosse manade au Sambuc, et se souciait moins des brebis que des taureaux. Il venait deux ou trois fois par mois et posait peu de questions, Jean ne serait pas embêté. Il parla de Longon, des vaches et du fromage. Il affichait une maturité d'homme qui masquait sa fragilité d'adolescent. L'éloignement des Piémontais avait fait ressurgir les doutes et les peurs qu'il croyait avoir définitivement oubliés. Ce repas lui remonta le moral, Hélène lui rappela Milena. Elle l'écoutait, le fixait de son regard, de son regard clair, ne se mêlait que très peu de la conversation jusqu'à ce que son père l'interpelle en riant : « On t'entend pas beaucoup, c'est Jean qui te rend timide ? » Elle eut un sourire gêné, Maryse vint à son secours.

« Elle est fatiguée, elle a passé une partie de la nuit dans la bergerie.

— Ça agnelle beaucoup ? demanda Jean.

— Non, c'est le début, mais on a beaucoup de *bessonnières*[11], ça fait du travail en plus. Mais ça va, les agneaux sont beaux et les mères ont du lait.

— Il y a de l'herbe cette année, tout irait bien s'il n'y avait pas cette saloperie de guerre, fit Jacques, va savoir comment ça va finir… »

Jean ne répondit pas. Les consignes du réseau étaient strictes, on ne devait absolument rien dire, à qui que ce soit d'étranger.

Au moment où Jean se levait pour partir, Jacques dit à Hélène : « Raccompagne-le ! » Ils sortirent tous deux dans le soir. Le mistral s'était levé, il s'installait comme chez lui.

Il décrochait les feuilles des platanes et des ormeaux, les ramassait en tourbillons, et les rassemblait en mares mouvantes. La Crau sans le mistral ne serait pas La Crau. Au fil des millénaires, il a fait du pays sa maison, rangé les choses, les bêtes et les gens à sa façon. L'arbre qui ne lui obéit pas ne vivra pas, l'homme qui le craint devra partir. Celle ou celui qui veut lutter court à sa perte. Il est seul maître. Sans concession.

Hélène invita Jean à entrer dans la bergerie. Beaucoup de brebis étaient couchées, lourdes de leurs ventres. Une bessonnière venait de poser deux beaux agneaux : « Je ne dormirai pas beaucoup cette nuit encore. » Le mistral avait mis du désordre dans ses cheveux, elle se rapprocha de lui : « Je suis contente que tu sois de retour, l'été m'a paru bien long. » Elle le

---

[11] *Bessonnières* : brebis mères de 2 agneaux.

frôla. Lui, dans sa timidité d'enfant, esquivait son regard, s'intéressant plus au troupeau qu'à elle. Ils sortirent. « Je marche un peu avec toi. » Arrivés au bout du chemin, elle s'arrêta :

« Ne me laisse plus Jean, reste avec moi. Elle le prit dans ses bras et posa sa bouche contre la sienne.

— Je suis parti contre mon gré, tu le sais, mais tout ça est fini. J'ai eu de mauvais moments, mais j'ai aussi rencontré des amis, des Piémontais, je te les ferai connaître. Je vais passer l'hiver ici, après on verra.

— Tu repartiras dans la Tinée ?

— Non, pas question, j'y ai trop de mauvais souvenirs.

— Viens avec nous à Cervières, les parents seront d'accord.

— On verra. »

Il l'embrassa à nouveau et disparut dans la nuit. Sur le chemin des Chanoines, il prenait le mistral en pleine figure, mais ce n'était rien par rapport au désordre qu'il avait dans la tête. Il n'avait pas parlé de Milena. Aurait-il dû le faire ? L'attendait-elle à Aix ? Allait-il rester là tout l'hiver ? Il ne trouva le sommeil que très tard dans la nuit. Hélène avait mis le feu à son âme, il sentait encore son odeur, revoyait ses boucles brunes qui dansaient sur son cou. Mais une idée le hantait : après les sévices subis à Longon, serait-il capable d'aimer une femme ? Son envie et son désir étaient là, mais l'idée d'une étreinte l'effrayait, il craignait de faire souffrir autant qu'il avait souffert.

Quelques jours passèrent. Un après-midi, Jean gardait dans un *hermas*[12] derrière la bergerie, les bêtes y *faisaient*[13] bien, à l'abri des chênes verts. Il vit arriver une camionnette, un gros rougeaud en sortit.

Avant même de dire bonjour, il cria :

« Je suis Max, ton *pello*. Totor est parti ?

---

[12] *Hermas* : terre inculte.

[13] *Faisaient :* terme de pastoralisme pour « manger ».

— Oui, c'est moi qui le remplace, c'est Gino qui m'a dit de venir ici.

— C'est pas malheureux ! Qu'il aille au diable, un sac à vin pareil ! Mais, tu es français, toi ? Mais d'où tu sors ?

— J'ai passé l'été dans les Alpes, je suis redescendu la semaine dernière ?

— Tu gardais les moutons ?

— Non, des vaches, et je faisais le fromage aussi. Mais avant j'étais à Lanau, chez Jacques.

— Ah oui, je te remets. Je t'avais vu l'année dernière où il y a deux ans, je ne sais plus ; tu as bien grandi. Et tu vas rester pour moi quelque temps ?

— Oui, si ça vous convient, je peux rester jusqu'à l'estive.

— Eh bien, pourquoi pas ? Si tu fais l'affaire, je te garde, mais attention, pas de connerie. Parce qu'avec tous ces Italiens, ces Espagnols et tutti quanti, j'en ai un peu marre. Je ne comprends rien à leur charabia et en plus ils boivent comme des trous. Tu bois pas au moins ?

— Non, je ne bois pas.

— Et tes parents, où ils sont ?

— Mon père est mort et je connais pas ma mère.

— Tu connais pas ta mère ? Ça, c'est pas commun. Pas connaître son père, ça arrive, mais sa mère, non, c'est pas commun. Tu sais où tu es né ?

— Sur les papiers, c'est marqué que je suis né à Arles, mais j'en sais rien.

— Ma fille travaille à la sous-préfecture, à l'état civil, si tu veux qu'elle fasse des recherches, elle le fera.

— Je vous le dirai, je suis pas trop sûr de vouloir.

— Une mère, on en a qu'une, n'oublie pas ça. Tu pourrais le regretter un jour ou l'autre. Bon, en attendant, occupe-toi du troupeau, je t'amènerai les béliers la semaine prochaine, on fait agneler qu'une fois au printemps. Tu sais, le troupeau, c'est celui de mon beau-père, il est mort depuis longtemps. Je garde le troupeau pour la belle-mère et la femme, mais moi, j'ai la passion aux taureaux plus qu'aux moutons. Si ça ne tenait qu'à moi, je bazarderais tout ça, mais bon, j'ai pas le choix. Pour les sous, je te donne cinq cents francs au mois et je te porterai des légumes quand je viendrai, on a un ouvrier qui fait le jardin à la manade, ça t'ira ?

— Ma foi, ça doit pouvoir faire.

— Et si tu es dégourdi, tu mangeras du lapin tous les jours, on en est empesté.

— J'en ai déjà chopé deux.

— À la bonne heure ! Allez, je file. Tiens le *rai*[14] autant que tu pourras dans les hermas, il y a de quoi faire, tu feras manger les prés plus tard. *Adessias !*[15]

— *Adessias,* à la semaine prochaine. »

---

[14] *Rai :* troupeau (provençal, prononcer rail).
[15] *Adessias :* au revoir.

Antonnieta

Le mois d'octobre se finit tranquillement. Jean prenait ses marques, Jacques lui avait prêté un chien, il se trouvait à son affaire. Un matin Gino débarqua avec Luigi. Les deux hommes furent heureux de se retrouver. On parla en dialetto. Gino le prit par le bras et l'entraîna dans la cabane. Il sortit une liasse de tracts en italien de sa veste :

« Tu devras apporter ça à Mas-Thibert, chez Marco. Nous, si on y va, on va se faire repérer. Tu dois faire l'aller-retour dans la nuit, mais attention, rien dans les poches, tu te souviens ? Dans les chaussettes, ou dans le pantalon, où tu veux, mais pas dans les poches.

— Quand je dois le faire ?

— Cette nuit, Marco les attend.

— D'accord, j'irai.

— Sinon, tu as vu quelque chose d'intéressant ?

— Les gendarmes sont venus mercredi soir. Un rouquin et un gros moustachu.

— Qu'est-ce qu'ils ont dit ?

— Ils m'ont demandé mes papiers, et d'où je venais.

— Pas plus ?

— Non, mais ils regardaient partout autour du mas, on aurait dit qu'ils cherchaient quelque chose.

— Les gendarmes, ça cherche toujours quelque chose, dit Luigi. Sois prudent, ne parle à personne du réseau, contente-toi de regarder.

— C'est ce que je fais.

— Tu es allé à Lanau ?

— Oui, je suis allé souper un soir. Jacques m'a expliqué pour les moutons, et il m'a prêté un chien.

— Tu as revu la petite, alors ?

— Oui, je l'ai revue…

— Elle est comment ? Jean rougit.

— Ben, c'est une fille, quoi ! Gino intervint :

— Fais ce que tu veux avec elle, ça ne nous regarde pas. Mais pas un mot sur ce que tu fabriques en dehors des moutons, d'accord ? Tu pourrais tous nous mettre en danger.

— D'accord, d'accord. Je n'ai parlé de rien et je ne parlerai de rien. »

À la nuit tombée, Jean fila à travers prés jusqu'à Mas-Thibert. Il longeait les fossés, glissait sous les chênes verts et s'arrêtait par moment pour écouter les bruits de la nuit.

Les brebis avaient *marqué la pluie*[16] toute la journée, aussi ne fut-il pas surpris lorsqu'il sentit les premières gouttes. Il poursuivit le trajet sous la pluie fine. Ça lui allait bien, la chemise en toile lui collait à la peau, le rafraîchissait de sa course. Cette mission l'excitait. C'était la première fois que le réseau lui confiait une responsabilité, il voulait être à la hauteur. Il arriva par le croisement de Capeau, longeant la route par les prés. Il se coucha soudain dans l'herbe. À l'entrée du village, sous la lumière jaunâtre du réverbère, il reconnut deux silhouettes de gendarmes en imperméables. Un autre homme, en civil, discutait avec eux. La distance l'empêchait d'entendre la conversation,

[16] *Marqué la pluie :* attitude du troupeau avant que la pluie arrive.

aussi décida-t-il de longer le fossé pour se rapprocher. Allongé à quelques mètres, il comprit que l'homme était un milicien qui leur prêtait main forte. Tous les trois parlaient sans retenue. Il fut question de la vermine communiste italienne qui pourrissait le pays, des Arméniens qu'on devrait tous fusiller, et du maréchal, qui, lui au moins, saurait redresser la France. Ils échangèrent ensuite les noms d'individus dont il fallait se méfier et Jean entendit clairement le nom de Jacques Pellat, le père d'Hélène. Un long moment s'écoula avant que les trois hommes ne disparaissent, les gendarmes sur leurs vélos et l'homme en direction du village. Par prudence, il contourna largement les habitations et arriva chez Marco sur le coup de minuit.

Il frappa à la porte après avoir attendu quelques minutes. Trois coups, puis deux, c'était la règle. À travers le carreau, une chandelle s'approcha. Il reconnut la voie d'Antonietta : « *Chi è ?*

— C'est Jean, des Chanoines. La clé tourna et la porte s'ouvrit.

— Entre ! »

Elle portait un châle, inondé par ses cheveux noirs défaits. Seuls ses pieds nus dépassaient d'une longue chemise de nuit blanche.

« Marco a dû partir au Sambuc. Un imprévu. Tu as les tracts ? »

Ce n'était plus la femme moqueuse qu'il avait vue à son arrivée. Sa voie était cassante et formelle, elle était résistante.

« Oui, je les ai, mais je dois me déshabiller.

— Eh bien, déshabille-toi, qu'est-ce que tu attends ! De toute façon, tu es trempé.

— J'ai attendu couché dans un fossé, il y avait les gendarmes sous le réverbère. »

Pendant qu'il enlevait ses habits, il dut répondre à un flot de questions. Elle voulait tout savoir de ce qu'il avait vu et entendu.

Une fois qu'elle eut les tracts en mains, son ton redevint amical : « C'est bien Jean, tu as bien travaillé. Je vais relancer le feu, approche-toi, tu vas prendre froid. » Très vite, le poêle se mit à ronfler et en quelques instants le corps du gamin fumait de toute son eau. Elle revint de la chambre avec une serviette en toile rêche et commença à lui frictionner vigoureusement le dos et la tête. Il restait tourné, les mains pudiquement posées sur son pubis. « Ne fais pas l'enfant, tourne-toi ! Je pourrais être ta mère ! » Elle lui frotta la poitrine et les cuisses, à tel point qu'il ne put lui cacher son désir. En passant une main furtive sur son torse encore imberbe et dans un sourire immense elle dit : « Tu n'es plus un petit garçon, à ce que je vois ! Tu es jeune et beau, Jean. Sois prudent, prends bien soin de toi. On vit une époque dangereuse, au moindre faux pas, on est perdu. »

Les habits à demi-secs, il repartit vers deux heures. Il pleuvait moins, il marchait vite, fier d'avoir réussi et honteux d'être apparu si vulnérable devant Antonnieta. Il s'endormit pour quelques heures en pensant à Hélène.

La Crau lui plaisait. Les odeurs, les vols de goélands du matin, la lumière du soir le comblaient. Les ignorants croient que les bergers s'ennuient, mais la contemplation est infiniment fertile. Mécréants ou croyants, tous y trouvent leur bonheur. La nature est généreuse et les bergers le savent. Un troupeau est un livre vieux de milliers d'années. Les brebis disent tout, à condition de savoir les lire. Le temps qu'il a fait, le temps qu'il fera, la qualité du pâturage, la présence d'animaux étrangers, tout est dit. Mais l'essentiel est dans le rapport de confiance qui s'installe entre le berger et le troupeau. C'est un personnage à part entière, la brebis seule n'est rien, elle n'existe qu'en groupe. Ce groupe est dépendant du berger qui lui-même dépend du groupe. Ils affrontent ensemble la vie, la mort, le soleil et la pluie.

Jean apprenait patiemment. Il échangeait volontiers avec Jacques quand il venait passer un moment avec lui. Un après-midi, il lui parla de son père :

« Tu sais où il est enterré ?

— Non, je ne sais rien et je ne veux rien savoir.

— Quand même…

— Il m'a laissé chez toi comme un sac, alors tu sais…

— Tu as su ce qui s'est passé au mas Vaillant ?

— Oui, je sais, mais ce n'est pas mes affaires.

— Qui t'en a parlé ?

— Celui qui est venu me chercher, André, il est venu me voir à la montagne.

— Tu sais que les gendarmes lui courent après ?

— Oui, je sais, mais c'est pas mes affaires. Tout ça, je veux plus en entendre parler. Mon père, André, le mas Vaillant, ma mère, toutes ces histoires m'ennuient. J'ai de nouveaux amis, ils ont fait beaucoup pour moi. Et puis je vous ai retrouvés vous aussi, toi, Maryse, Hélène, je vous préfère à tous ces gens qui m'ont abandonné et qui m'ont fait du mal. »

Jacques le regarda en souriant.

« Elle te plaît bien ma fille, non ?

— Oui, elle me plaît, et vous êtes un peu ma famille.

— Si tu la veux et si elle est d'accord, je te la donne. Tu es un brave garçon, tu te fais au métier, mais ce qui me ferait plaisir, c'est que tu retrouves ta mère. Au moins que tu saches où elle est. Peut-être qu'elle est malheureuse de t'avoir laissé, tu n'en sais rien. J'en ai parlé avec Maryse, elle est d'accord avec moi, alors fais-le. Même si elle ne veut plus te voir, au moins tu l'auras fait. Si tu le fais pas, tu le regretteras toute ta vie.

— Je dois réfléchir encore un peu, mais j'ai compris ce que tu m'as dit. »

Le réseau

L'hiver fut particulièrement froid. D'un octobre chaud, et en l'affaire de quelques jours, le temps devint glacial. Les brebis cherchaient l'abri du mistral, les bergers se réfugiaient au soleil timide dans le creux des fossés. L'eau gelait régulièrement dans les abreuvoirs. Jean soupait souvent à Lanau. Sa relation avec Hélène n'était plus un secret. Il continuait à donner des renseignements au réseau, mais les rencontres avec les Piémontais étaient rares. Pourtant, un dimanche matin de décembre, Gino, Luigi et Giancarlo arrivèrent en voiture. Leurs mines étaient graves, Jean sut en les voyant qu'il y avait une sale nouvelle. La milice avait fait une rafle à Aix et les Bulgares avaient été embarqués, avec deux Italiens qui vivaient dans l'immeuble, dont Enzo qui avait traduit les paroles de Jean. On savait peu de choses, mais le sort des immigrés, une fois dans les mains de la milice, était souvent scellé. Les quatre hommes restèrent un long moment assis autour du poêle, sans un mot. Tous se rappelaient cette nuit passée à Aix, la gentillesse des Bulgares, le poste TSF, les petits pains offerts par Milena.

Jean finit par demander :

« Et si j'allais à Aix, pour les chercher ?

— N'y pense pas ! dit Gino. Tu te ferais attraper, ils t'embarqueraient sur le champ et ça mettrait le réseau en danger, et tous les camarades des Bouches du Rhône avec.

— On ne peut rien faire, alors ?

— Il nous reste à espérer, mais rien de plus. D'autres camarades ont déjà disparu, parfois ils ont été libérés, mais malheureusement, beaucoup n'ont jamais réapparu. C'est la guerre Jean, et la guerre ne fait pas de cadeau. Il y aura d'autres victimes, tant qu'on n'aura pas renversé les fascistes. Tu dois étouffer ton chagrin, comme nous tous, et continuer la lutte. Ce que nous faisons tous est nécessaire et un jour nos actes porteront leurs fruits. »

Jean se mit à pleurer, il cacha son visage dans ses mains et sortit dans le froid. Il commençait à neiger. Luigi le rejoint et le prit dans ses bras : *« Povere banbino. »*

C'était la première fois qu'il était confronté à la cruauté de la guerre. Jusque-là, elle ne lui était pas apparue véritablement. Il y avait le risque, la méfiance envers la milice et les gendarmes. Il avait côtoyé des résistants, des réfugiés, sans jamais être touché par la mort ou la disparition. Les jours suivants furent pénibles, l'image de Milena le hantait. Il revoyait son sourire le jour du départ, les nattes attachées derrière sa tête, il sentait la douceur de ses lèvres sur sa joue. Les bras musclés et velus de son père qui l'avaient effrayé lui paraissaient familiers. Le froid glacial qui sévissait chaque jour un peu plus aggravait son désarroi. Hélène arriva un après-midi, emmitouflée dans une jupe épaisse et une veste en peau de mouton. Du foulard qu'elle portait sur la tête dépassait son joli visage rougi par le froid. Elle s'approcha en souriant, les mains dans les poches :

« Tu n'as pas trop froid, à rester en plein vent ?

— J'ai froid partout, dedans et dehors, même les bêtes ont froid. Regarde-les, toutes tournées le cul au mistral.

— Tu as de quoi te chauffer ?

— Oui, mais le froid est rentré dans les murs et si je laisse le poêle s'éteindre, il gèle dans la cabane.

— Il faut que tu viennes au mas ce soir, c'est mon père qui m'envoie te chercher.

— Tu sais pourquoi ?

— Non, il n'a pas voulu me le dire. Je crois qu'on ne sera pas seuls.

— Comment ça, pas seuls ?

— Ma mère a fait une grosse soupe, et un ragoût aussi, un gros ragoût. C'est pas pour quatre, ça. Je te parie qu'il y aura du monde.

— Tu sais rien d'autre ?

— Non, ils font des mystères tous les deux.

— Tu as une idée ? C'est pour nous deux ?

— Non, je crois pas. Il y a autre chose.

— Bon, on verra bien. » Il s'approcha d'elle et l'embrassa.

Il lui raconta son passage à Aix, les Italiens, les Bulgares, Milena, leur disparition. Il se soulageait ainsi du poids énorme qui l'étouffait depuis la venue des Piémontais. Elle le regarda en souriant, les yeux mouillés :

« Je sais, mon Jean, je sais tout ça.

— Comment ça, tu sais ? dit-il en la serrant plus fort contre lui.

— Marco vient souvent la nuit au mas, tu comprends ?

— Ton père fait partie du réseau ?

— Oui, je connais Gino aussi, et bien d'autres que tu ne connais peut-être pas.

— Mais pourquoi vous ne m'avez rien dit ?

— Pour te protéger, ça marche comme ça. Il fallait qu'ils soient sûrs de toi. Mais attention, je ne t'ai rien dit. Ils finiront bien par te parler. Je t'aime tellement, je n'ai pas pu me retenir.

— Moi aussi, je t'aime, mais pour Milena, je voudrais pas que tu crois…

— Je crois rien du tout, je vois que tu as de la peine, et j'en ai aussi. »

Il arriva à Lanau à la fin du jour. Seul un trait rouge orangé marquait l'horizon. Le froid était tenace et pénétrant, le sol craquait. Il retrouva Hélène dans la bergerie occupée à faire téter des *bessons*[17] faiblards à une chèvre : « Ces petits, avec ce froid, si je ne les aide pas un peu, ils vont crever », dit-elle. Jean la regardait avec admiration et tendresse. Elle était belle. Accroupie, sa jupe relevée dévoilait ses jambes gainées dans de bas noirs épais. Il s'approcha d'elle et posa une main sur sa cuisse. Elle l'arrêta lorsqu'elle sentit les doigts froids sur sa peau : « Tu vas m'enrhumer ! » Elle lui sourit et l'embrassa jusqu'à ce qu'ils perdent tous deux l'équilibre et tombent à la renverse, laissant échapper la chèvre effrayée. Elle éclata de rire et s'allongea sur lui, l'embrassa à nouveau, mais la voix de Maryse les interrompit depuis la porte du fond de la bergerie : « Hélène, on va manger !

— On arrive ! dit-elle en se relevant.

— Ah ! Mais Jean est là ! Je comprends pourquoi tu tardes à venir ! Arrêtez vos bêtises et venez manger ! »

Dans la cabane, le poêle ronflait. La table était mise pour six, on attendait du monde. Hélène demanda :

« Qui vient manger ?

— Tu verras bien, lui dit sa mère d'un ton sec. Enlève un peu la paille de tes cheveux. »

On entendit une voiture, et le bruit des deux portières qui se fermaient.

« Va ouvrir, n'éclaire pas dehors. »

Gino entra le premier, suivit d'un inconnu, italien lui aussi. Ils saluèrent poliment. Jacques remplit les verres, pendant qu'Hélène servait la soupe. On parlait peu, comme si personne

---

[17] *Bessons* : jumeaux.

n'osait engager la conversation. Cela mit Jean mal à l'aise, il devina une nouvelle le concernant. Il demanda : « Quelque chose ne va pas ?

— Rien de grave, dit Gino, juste un petit changement.

— Quel genre de changement ?

— Tu dois changer d'endroit, on a peur que tu n'aies été repéré par la milice. C'est un infiltré de Raphèle qui m'a prévenu. Tu pars à Saint-Martin ce soir. Stefano va te remplacer.

— J'ai fait quelque chose qu'il ne fallait pas ?

— Non, rassure-toi, c'est juste une précaution.

— Mais Max, qu'est-ce qu'il va dire ?

— Je te dis de ne pas t'inquiéter, il est prévenu, il est avec nous. »

Hélène était devenue blême. Ne pouvant plus retenir ses larmes, elle disparut dans la chambre. L'idée d'être séparée de Jean l'anéantissait. Maryse alla la chercher. En voyant ses yeux rougis, Gino la rassura : « C'est l'affaire de quelques jours, on te le rendra bien vite, et Saint-Martin, c'est pas le bout du monde. »

À la fin du repas, ils s'enlacèrent encore une fois, puis la voiture happa les trois hommes et disparut dans la nuit glaciale. On s'arrêta aux Chanoines, juste le temps de rassembler quelques affaires. Stefano garda le chien de Jacques. « Je t'en trouverai un autre », fit Gino, impatient de repartir. Les gendarmes les arrêtèrent à La Dynamite, il fallut montrer les papiers et attendre. Finalement, le bagout de Gino eut le dessus.

Jean se retrouvait dans l'inconnu, séparé de celle qu'il aimait. Il l'ignorait encore, mais ce séjour à Saint-Martin allait changer le cours de sa vie.

L'exil

Le troupeau que Jean trouva à la Grande Vaquière était infesté de *piétin*[18]. La moitié des brebis boitaient et les plus atteintes ne pouvaient plus sortir des bergeries. Sur les conseils de Giancarlo, qui gardait à deux pas de là, au mas de l'Anelier, il tria les plus malades et les laissa dedans. Tous les matins, avant de partir garder, il les soignait patiemment. Il s'agissait de retirer au couteau toutes les parties nécrosées en évitant soigneusement de ne pas faire saigner le pied. Il appliquait ensuite une solution d'acide sur les parties découvertes. Si le parage était bien fait, la nécrose disparaissait au bout de quelques jours. Dès que la lumière le permettait, il s'installait à l'entrée de la bergerie, travaillait jusqu'à dix heures puis il sortait le troupeau.

La patronne était une véritable saloperie. Maladivement maigre, un nez saillant comme un fer de charrue lui partageait le visage et elle n'adressait la parole aux autres que pour dire des méchancetés. Elle en avait après le monde entier et Jean ne fit pas exception à la règle. Bien obligé d'admettre qu'il travaillait sérieusement, il n'était pas question néanmoins d'en laisser transparaître quoi que ce soit. Elle arrivait toujours quelques minutes avant la sortie du troupeau dans une traction Citroën flambant neuve. À ses côtés trônait sa mère, une vieille dont il ne

---

[18] *Piétin* : maladie du pied des brebis.

restait que le regard meurtrier et qui ne sortait jamais de la voiture. Chaque matin, Mireille (la patronne) s'approchait de Jean avec un bonjour glacial, puis invariablement, lui disait : « Ne les sortez pas après dix heures, et faites-les bien manger ! » Ce à quoi, il répondait machinalement : « Oui Madame, bien sûr. »

Elle ne lui fit jamais le moindre compliment sur les soins qu'il donnait au troupeau.

Au bout d'un moment, la vieille tapait contre la vitre avec sa canne, Mireille remontait dans la voiture pour aller sermonner un autre berger. Vers onze heures, quand la tournée était finie, la traction rentrait au garage et on ne voyait plus personne jusqu'au lendemain matin.

Le mas embauchait trois bergers, un homme à tout faire et une bonne de forte corpulence qui soupirait à tout bout de champ. Elle avait en charge le ménage, la cuisine et les sautes d'humeur de la vieille. Une fois par mois, elle faisait la lessive du personnel, car Mireille ne supportait pas d'avoir des gens crasseux sur son domaine.

L'homme à tout faire allumait du feu sous la chaudière et Huguette (la bonne) passait chez les bergers pour ramasser leurs affaires. Elle redistribuait le linge séché et plié le surlendemain. Ce soir-là elle trouva Jean assis devant son poêle, occupé à tailler des clavettes de colliers : « Fais attention de pas te mettre le couteau dans la main !

— Je fais attention. De toute façon, avec le piétin, j'ai déjà les doigts entamés de tous les côtés.

— Il y a longtemps que je n'avais pas vu un berger s'occuper des boiteuses comme toi. Qui t'a appris ? Parce que ça s'invente pas, il faut avoir appris.

— Un berger, un Italien que j'ai connu dans les Alpes.

— Hé bien tu vois ! On dit pourtant que les *babis* sont bons à rien…

— C'est comme partout, il y a des bons et des mauvais.

— Tu ne connaîtrais pas Giancarlo, par hasard, qui garde à l'Anelier ?

— Ça se peut, pourquoi ?

— Parce que moi, je sais que tu le connais… dit-elle dans un sourire retenu.

— Ah, très bien, et alors ?

— Je sais même que tu fricotes avec la fille Pellat.

— Tu m'as l'air d'être une sacrée commère !

— En Crau, tout le monde connaît tout le monde, c'est comme ça. Ma sœur Monique travaille à l'Anelier et elle t'a vu là-bas avec Giancarlo.

— C'était pour le piétin, c'est lui qui m'a montré.

— Bien sûr, le piétin… » fit-elle dans un clin d'œil appuyé. Puis elle chuchota : « Méfie-toi bien de la patronne, elle ne jure que par le maréchal. Ne parle de rien, elle aurait vite fait de te donner aux gendarmes, mais avec moi tu ne risques rien. » Un autre clin d'œil puis elle s'en alla dans un soupir.

Quelques jours avant Noël, vers neuf heures du soir, Jean revenait de remplir les abreuvoirs, lorsqu'il fut pris dans les phares d'une voiture qui entrait dans le mas. Elle s'arrêta à son niveau. Le conducteur, un homme à moustache fine, coiffé d'un chapeau, baissa la vitre : « Où tu vas ? Qu'est-ce que tu fous dehors de ces heures ?

— Je travaille ici, je viens de faire boire mes bêtes.

— Comment tu t'appelles ? Tu as tes papiers ? » demanda le passager, béret vissé sur la tête et une écharpe rentrée dans le col de sa gabardine.

« J'ai mes papiers à la cabane.

— On vient avec toi. »

Ils entrèrent dans l'unique pièce sans ménagement. Le chapeau examina les papiers, les passa au béret. Jean avait immédiatement reconnu leurs allures de miliciens. Ces vestes noires, ces regards soupçonneux lui firent penser à Milena. C'était probablement ce genre d'ordures qui l'avait embarquée avec toute sa famille à Aix.

« Tu travailles ici depuis longtemps ?

— Ça a fait un mois la semaine dernière.

— Et avant, tu étais où ?

— À Raphèle, aux Chanoines.

— Pourquoi tu n'y es pas resté ?

— Le pello m'a mis à la porte, mon travail ne lui convenait pas.

— Et ici ?

— Ça a l'air d'aller. Enfin, je crois, vous savez, avec les patrons…

— Nous, on ne sait rien du tout. On va voir ta patronne, elle nous dira. Ne traîne pas dehors la nuit et fais attention aux autres bergers, ils sont tous communistes. Surtout ces vermines de macaronis.

— Vous savez, moi, la politique j'y comprends rien, je garde mes bêtes et c'est tout.

— Ce n'est pas une question de politique, c'est une question de liberté. Si les bolcheviks viennent au pouvoir, tu pourras même plus garder tes moutons, tu finiras dans un camp de travail. Si tu sais quelque chose, dis-le à ta patronne, on s'en occupera. »

Jean resta seul un long moment, assis sur le lit, terrassé par la peur, incapable de bouger. La nuit fut longue et pénible, et les pires cauchemars réapparurent. Mille questions tournaient et retournaient dans sa tête : devait-il prévenir le réseau ? Et comment le faire sans se faire repérer ? Et si les miliciens allaient voir Max ? Pouvait-il compter sur Huguette ?

Le froid s'était installé sur La Crau. Certains jours, lorsque le mistral soufflait, les brebis hésitaient à sortir de la bergerie. Le soleil ne réchauffait plus, même aux meilleures heures du jour, le sol gelé résonnait sous les pas comme un plancher sous les sabots d'un cheval. L'herbe des prés, brûlée par le gel, ne nourrissait pas suffisamment les troupeaux et les bergers furent obligés de distribuer foin et paille tous les jours. Mireille, dans son avarice maladive, comptait les quantités distribuées chaque jour en maugréant après le froid, les bergers, les brebis, le Bon Dieu et tout le reste.

Jean s'écroulait de fatigue tous les soirs, mais invariablement, il se réveillait vers trois heures du matin et attendait le lever du jour. Il ne comprenait pas pourquoi Gino l'avait placé dans ce mas où il n'avait plus aucun contact avec le réseau. L'absence d'Hélène lui devenait insupportable, il la retrouvait dans des cauchemars épouvantables dont il sortait en sueur. La peur le paralysait au moindre bruit de moteur.

Le jour de Noël, le mistral s'était un peu calmé, Jean venait de manger à l'abri d'un bouquet de cannes, cherchant à se réchauffer au soleil malade. Le froid lui semblait à peu près supportable, le troupeau se tenait tranquille. Les boiteuses étaient plus rares, le gel sec avait aidé à la guérison du piétin.

Une voiture passa sur la route, ralentit au niveau du troupeau, puis reprit son chemin. Jean était sur ses gardes et il resta figé lorsque la voiture revint quelques minutes plus tard. Elle s'arrêta. Il reconnut Max lorsqu'il s'avança dans le pré. Il était tellement habillé que ses bras ne touchaient plus son corps, il ressemblait à une marionnette.

« On dirait que tu as froid, fit Jean.

— Ne m'en parle pas, ce temps de merde nous fera tous crever !

— Qu'est-ce qui t'amène, le jour de Noël ?

— Justement, c'est parce que c'est Noël que je suis là, mais avant tout, je veux que tu m'écoutes sans t'énerver. On est du même bord, pas vrai ? Tu es un brave garçon, tu connais ton métier et dès qu'on pourra, tu reviendras aux Chanoines.

— Tu fais beaucoup de manières, qu'y a-t-il d'aussi sérieux pour que tu me parles comme çà ?

— Eh bien voilà… Mais ne va pas te mettre en colère, hein ?

— Parle-moi, à la fin !

— Bon d'accord, tu te souviens que la première fois qu'on s'est vu, on avait parlé de ta mère ?

— Oui, et alors ?

— Ah, tu vois, tu commences à t'énerver !

— Mais bon Dieu, c'est toi qui m'énerves, à dire les choses à moitié ! *Sbrigati !*

— Ta mère, je l'ai trouvée et elle est dans la voiture. Voilà, c'est dit !

— Dans ta voiture, là-bas au bout du pré ?

— Parfaitement. Tu sais, quand on en a parlé, je savais déjà qui elle était et où elle était, mais j'ai rien voulu te dire, c'est délicat ces affaires-là. Depuis que je suis gamin, je vis en Crau, je connais beaucoup de monde, je t'ai vu petit, mais tu ne t'en souviens pas. J'ai connu ton père aussi. Quand j'ai compris qui tu étais, aux Chanoines, j'ai surtout pensé à ta mère. Je connais son histoire, elle n'a pas eu de chance, et aujourd'hui, elle n'a plus que toi. Ne lui en veux surtout pas, écoute-la raconter et tu comprendras pourquoi elle t'a laissé. Va jusqu'à la voiture et parle-lui, juste quelques mots, tu la reverras un autre jour. Fais-le ! »

Jean le regarda un instant, sans rien dire. Max le suivit des yeux. Il détourna son regard au moment où le gamin arrivait au bout du pré. Le froid devenait plus intense à mesure que le soleil tombait. Une arabesque d'étourneaux dégringola dans les platanes, y piailla quelques minutes et remonta dans un souffle d'ailes coordonnées. On entendait un berger qui commandait son chien de l'autre côté du canal. Un train siffla dans le lointain. Envahi par l'émotion, Jean ne put dire un mot à son retour, ses yeux trahissaient des larmes. Max lui mit la main sur l'épaule : « Ne dis rien petit, ne dis rien. Cette journée, tu t'en souviendras toute ta vie. *Adessias*, petit, et à bientôt. »

Hélène

Jean revint aux Chanoines le douze janvier. Une fois de plus, Gino s'était occupé de tout. Mireille avait seulement lâché en grimaçant : « Pour une fois qu'on avait un Français, et qui ne buvait pas… »

Le troupeau de Max n'avait pas changé, Jean retrouva sa cabane et son chien avec plaisir. Les brebis s'alourdissaient, les jours qui commençaient à rallonger donnaient un peu d'espoir malgré le froid persistant.

Dans la nuit qui suivit, vers dix heures, le chien se mit à grogner. On frappa. Jean s'approcha en silence : « Qui c'est ?

— C'est moi, Hélène ! Ouvre ! J'ai froid ! »

Aussitôt la porte ouverte, elle se jeta à son cou et colla sa bouche glacée sur la sienne.

« Comment tu es venue ?

— À pied, qu'est-ce que tu crois, et sans lampe. Juste avec un peu de lune. »

Elle souriait de toute sa bouche, ses yeux pleuraient de froid et de joie.

« Mais personne ne t'a vue au moins ?

— Personne, j'en suis sûre et certaine. Ne jamais laisser de trace, c'est toi qui me l'as appris. Il n'y a que toi et moi, pour toute la nuit. Gino m'a prévenu, j'ai été tellement malheureuse, il n'était pas question que j'attende un jour de plus. Viens ! »

Elle le prit par la main, l'entraîna dans la chambre et le força à se coucher sur la paillasse. À la lueur de la bougie, il la vit se déshabiller. Il s'assit sur le bord du lit alors qu'elle s'approchait, la saisit par les hanches et plaqua sa bouche sur le triangle noir du pubis. Elle lui prit la tête à deux mains, s'offrit pleinement à la bouche avide, se coucha à son tour et l'attira sur elle. Il la pénétra en douceur. Lorsque l'hymen céda, elle poussa un petit cri, mais l'encouragea à continuer. Ils s'aimèrent ainsi toute la nuit, alternant étreintes et paroles tendres.

Au matin, il ne put lui offrir qu'un peu de polenta sucrée au miel. Elle s'en régala. La vie lui semblait merveilleuse. Malgré la guerre et les privations, elle tenait quelque chose d'infiniment précieux. Elle aurait pu, en ces instants, crier son bonheur à n'importe qui. Jean était sa vie. Elle se remémorait tous les moments de cette nuit, ce corps puissant et tendre à la fois, ce désir toujours présent, l'odeur de l'amour et du sang qui emplissait les draps.

« Que vas-tu dire à tes parents ? » demanda-t-il, inquiet.

« Je vais leur dire que j'ai passé la nuit avec toi, que je t'aime à la folie et que je tuerais de mes mains tous ceux qui te voudraient du mal. »

Puis elle ajouta, dans un sourire :

« Mais avant de les tuer, je leur ferai subir les pires tortures. »

Cervières

L'hiver s'éternisa jusqu'à la fin février. La Crau peinait à sortir de sa torpeur, mais imperceptiblement, le printemps s'annonçait. Les choucas se chamaillaient dans les platanes, les grues cendrées criaient en escadrilles. Jean s'émerveillait une fois de plus devant le retour des beaux jours, face à la force immense de la nature qui venait après les blessures profondes de chaque hiver.

Au marché d'Arles du mercredi, tous les Piémontais étaient là. En voyant Hélène au bras de Jean, Giancarlo ne put s'empêcher de faire allusion à la casquette achetée à Guillaumes, avec un ton moqueur. On parlait beaucoup du métier, des agneaux à venir, des prochaines montagnes, tout en surveillant du coin de l'œil les silhouettes noires des miliciens qui rôdaient. Sur les champs de foire, au milieu des bêtes, des bergers, des patrons, ils ne faisaient pas peur. Les hommes de Crau semblaient les maîtres, faisant, le temps d'une journée, la nique à la guerre, aux complots et aux bouffeurs d'espoir. Le réseau prenait peu à peu de l'ampleur. Des tracts étaient régulièrement jetés dans les rues d'Arles et de Salon, des inscriptions fleurissaient au matin sur les murs. Les choses s'organisaient à Marseille et à Aix où les gendarmes évitaient certains quartiers.

L'amour insolent qu'affichaient Hélène et Jean enchantait Luigi et Giancarlo. Ils se souvenaient de ce gamin soumis et crasseux qu'ils avaient trouvé à Longon, qu'ils avaient patiemment entouré pour lui rendre sa dignité. Il était devenu un homme superbe, avec cette fille à son bras qui le bouffait des yeux et qui buvait ses paroles comme un alcool puissant.

Au cours du printemps, Jean reprit les virées nocturnes à vélo pour livrer des tracts ou apporter des billets griffonnés de précieuses informations. Hélène tremblait des nuits entières en le sachant dehors. À plusieurs reprises, il revit Marco et Antonnieta qui avait pour lui une affection particulière. Elle prenait un malin plaisir à le dévisager de ses grands yeux, lui rappelant du regard la nuit de la première livraison. Elle savait par expérience qu'il en garderait le souvenir toute sa vie.

Hélène dormait plus souvent aux Chanoines que chez ses parents, Jacques l'amenait le soir en voiture et Jean la ramenait le lendemain à vélo. Elle resta avec lui le temps de l'agnelage, ils partagèrent ainsi l'exigence du travail, les nuits blanches et les aubes pénibles. Leur passion commune les réunissait en une équipe parfaite. Les rares querelles se réglaient sur l'oreiller et les brebis reprenaient invariablement le dessus. Le troupeau les dominait, leur imposait ses règles, mais les rendait heureux.

Josette, la mère de Jean, venait de temps en temps passer l'après-midi. Ils essayaient peu à peu de s'apprivoiser, mais Hélène se rendait compte de l'immense fossé qui les séparait. Leurs conversations s'interrompaient parfois subitement, quand l'un ou l'autre se murait dans le silence. Jean décida de ne plus jamais parler de son père, que tout le monde croyait mort. Il n'en eut jamais de nouvelles.

Aux foires de mai, comme chaque année, les pellos organisaient le départ des troupeaux. On chargerait à la gare d'Arles le 17 juin. Le troupeau des Pellat et celui de Max passaient l'été ensemble à Cervières depuis des années. Après

Briançon, où le train s'arrêtait, il restait quelques heures de marche pour arriver au paradis.

Le troupeau monta à bonne allure, les *flocats*[19] et les meneuses faisaient sonner *piques et redons*[20] à la volée. Les herbes des talus offraient fleurs et feuilles à l'euphorie collective. Jacques, qui menait, tâchait de retenir péniblement. Maryse fermait la marche avec les ânes. Hélène et Jean voltigeaient comme des oiseaux pour protéger fleurs et jardins sous l'œil sévère des riverains, commandant les chiens au sifflet.

Arrivé à Peyre Moutte, le troupeau finit par s'étaler. Hélène expliqua fièrement les différents *quartiers*[21], les éboulis dangereux, les vallons frais. On cassa la croûte dans une bonne humeur générale.

Jean découvrait avec plaisir une nouvelle montagne, pleine de merveilles, de dangers et de mystères. L'Italie toute proche lui rappelait à chaque minute Giancarlo et Luigi que le hasard avait fait entrer dans sa vie. Rudes et fiers comme leur Piémont, ces deux hommes l'avaient sorti de la souffrance par pure humanité. Ils lui avaient appris la résistance, la fraternité et l'amitié, alors qu'il n'avait connu jusque-là que la misère.

De migrants fugitifs qu'ils étaient, ils resteraient à tout jamais des héros dans son cœur.

---

[19] *Flocats* : béliers castrés.
[20] *Piques et redons* : sortes de sonnailles.
[21] *Quartiers* : zones, espaces. Terme pastoral.

La fille de Bel Air

Il n'y a pas de mauvaise montagne, il n'y a pas de mauvaise brebis, il n'y a pas de mauvais chien. Il n'y a que de mauvais bergers.

Propos entendu sur la foire
de Guillaumes (Alpes-Maritimes) le16 septembre 1993

La foire

La foire de Bel Air, c'est le vingt mai. En fait c'est la foire de Salon, mais c'est à Bel Air. Avant, c'était à Salon, centre-ville. On a dû trouver que ça salissait trop la place, et les camions ne pouvaient pas aller jusqu'au bout, pour déballer, ce n'était pas commode. À Bel-Air ça vient mieux, le champ de foire c'est un pré, on gare aussi les bagnoles dans un pré ou au bord du chemin qui rejoint la nationale qui va à Salon d'un côté et à Saint-Martin puis Arles de l'autre.

Sur la foire il n'y a guère que des agnelles Mérinos d'Arles, toutes pareilles, prêtes à partir. Une dizaine de lots, ça dépend des années. Au fond de la foire, contre les cyprès, c'est le coin des ânes et des chevaux attachés aux bétaillères. C'est bien rare dans la matinée s'il n'y a pas un canasson qui s'énerve, qui plante des coups de pied dans celui d'à côté ou dans la tôle d'un camion. Les hommes gueulent, les fouets claquent, le calme revient.

De l'autre côté, les marchands sont sous les platanes. Sonnailles, habits de travail, chaussures, matériel et tout le tremblement. C'est au poil si tu veux t'équiper avant de partir.

Sur le passage entre la foire et le bistrot, un marchand de bonbonnailles attire les petits. Tu vois toujours un gamin ou une gamine qui tire sa mère vers son étal. La mère, ça la fait chier, mais elle ne peut pas refuser, c'est jour de foire, et le marchand il connaît son boulot, une praline chaude au petit et le tour est joué. Dans un quart d'heure, quand il aura mangé la moitié du paquet, la mère sera bonne pour lui payer une limonade au bistrot pendant que le père sera toujours à blaguer sur la foire.

On voit surtout des hommes, éleveurs, bergers, maquignons, mais peu d'étrangers au métier. Des femmes, beaucoup moins, mais quelques-unes quand même. Celle qui est venue avec son mari, de loin, des Alpes peut-être. Tu vois dans ses yeux qu'elle a dû se lever de grand matin pour donner aux bêtes avec son homme. Quand ils ont fini, sur le seuil de la bergerie, il a dû l'embrasser en vitesse, tout mouillé de la chaleur du travail : « Allez, on se change et on file ! » Deux ou trois heures après, les voilà sous le soleil, dans la poussière et la cohue.

Quelques jeunes femmes, aussi, habillées comme pour aller au bal, qui sont des filles d'éleveurs, ou leur maîtresse ou celle d'un berger. Quand elles passent entre les hommes, ça donne à peu près ça :

« Écoute Michel, pour les prés du bas je peux pas te donner de réponse tout de suite, mais… »

Elle passe. Silence.

« Eh ben ! Si je pouvais me l'emmener à la montagne, ça me ferait bien passer l'été !

— Dis, belle comme elle est, qu'est-ce que tu veux qu'elle fasse avec un vieux bouc comme toi ?

— Oh, tu sais, des fois, les vieux boucs…

— Bon, arrête de déconner avec cette fille et parlons plutôt des prés du bas ! »

Ceux qui sont venus pour vendre se repèrent vite, ils se tiennent debout contre leur lot de bêtes, toujours l'air un peu inquiet. Quand tu en vois un qui discute avec un maquignon, si tu passes en ayant l'air d'écouter, ils se taisent. Si tu veux arriver à glaner un tuyau, il faut avoir l'air de rien.

« Mets dix francs de plus et tu charges !

— Vous êtes tous les mêmes, dix francs de plus ça fait pas un compte ! À quarante-cinq, tu feras pas mieux, tu vas les retourner !

— J'ai jamais retourné une bête, ça va pas commencer aujourd'hui. Y en a pas une d'inférieure, elles les valent, alors mets dix francs de plus ! »

Évidemment, un con a fait mine d'écouter, on n'en saura pas plus.

Dans les hommes, tu vois toutes sortes de figures, de gros rougeauds pleins de vin qui ont déjà dû déjeuner deux fois, des bergers, la gueule cramée par le soleil, des *pellos*[22] bien mis, petite veste fine, souliers de ville, belle montre, grosses maisons. Autour de ceux-là, les autres font le cercle. Ils ne sont pas venus pour vendre ou acheter, mais plutôt pour régler une affaire ancienne ou trouver une place pour l'automne ou le printemps prochain. Ceux du cercle sont ceux avec qui un arrangement est possible, une affaire, un travail en cours. Si tu n'es pas une connaissance, tu n'entres pas dans le cercle.

Quand j'arrive, c'est onze heures moins le quart. Je les ai sortis un peu plus tôt et à dix heures, tout le monde dedans. Jour de foire. Ce soir, elles mangeront mieux. Devant le marchand de bonbons, je trouve Gilbert au milieu de son cercle. Je suis chez lui depuis que j'ai fini *Le Merle*[23]. Une *grosse marque*[24], possible même que ce soit la plus grosse de Crau. Chez lui, il faut bosser, les zonards et les alcoolos n'ont pas leur place.

La paye, bon, on peut toujours faire mieux, mais je n'ai pas bien plus de vingt ans et j'apprends beaucoup, alors ça va. Je passe discrètement au bord du cercle.

Il me voit et me fait un signe de la main :

---

[22] *Pello :* éleveur, patron, propriétaire.

[23] *Le Merle :* école de bergers de Salon-de-Provence.

[24] *La marque :* initiales de l'éleveur que l'on appose à la peinture sur les brebis avant d'aller en montagne. Par extension, la maison, l'élevage, le troupeau.

« Viens un peu ! » J'entre dans le cercle. Je reconnais Dédé, son *bayle*[25], deux éleveurs déjà rencontrés et trois inconnus.

« Tu les as déjà rentrées ? Il sourit.

— C'est jour de foire, non ?

— Ça va, ça va ! Mais ne me les laisse pas dedans jusqu'à demain matin !

— À deux heures, au plus tard, elles seront sorties. »

Se tournant vers les autres, il raconte :

« Celui que j'avais l'an passé, il est venu à la foire, il a pris la cuite et il a été incapable de rentrer. Le lendemain, c'est moi qui ai dû sortir le *rai*[26] et il avait dégueulé dans toute la cabane ! Je peux vous dire qu'il s'est pris une belle engueulée ! »

Les autres se marrent.

« Et qu'est-ce que tu en as fait ?

— J'ai pas risqué de l'envoyer en montagne, un ivrogne pareil, je lui ai donné son compte et barca ! »

Il me met la main sur l'épaule :

« Écoute ! Tu vas aller au stand de la coop, tu prends vingt litres de peinture bleue. Bleue, ne te trompe pas. Tu la fais marquer pour moi, comme ça, lundi ou mardi on vient avec Dédé et on marque, que dans huit jours, tu montes, tu le sais ?

— Diable que je le sais, je suis déjà prêt à partir ! » Sourires dans le cercle.

« Bon, on fait comme ça, à lundi ou mardi, je te le ferai savoir. »

C'est fini, je sors du cercle. Au moment où je m'éloigne, un des trois inconnus me crie : « Et ne prends pas la cuite ! » Éclats de rire. Sans me retourner, je lève la main bien haut, en guise de salut. Je vais commander sa peinture, comme s'il n'avait pas pu se la charrier. Mais le pello, c'est lui et la bagnole n'est pas trop

---

[25] *Le bayle :* le chef des bergers, le second du pello.

[26] *Le rai :* le troupeau (Provençal,prononcer le rail.)

loin, ça ira. Après, je traîne, je regarde les agnelles, les godasses, les ânes, il fait chaud.

Je tombe sur Pascal qui fait Le Merle cette année et garde au mas qui touche le mien. L'école l'envoie en montagne du côté de Colmars, dans les Alpes de haute Provence. Midi n'est pas loin.

« On va boire un coup ? »

Le bistrot, le jour de la foire, on dirait les grands magasins la veille de Noël.

Pour l'occasion, ils mettent un grand comptoir dehors. Les gens commandent et s'assoient aux tables sous les platanes.

Dans la salle, deuxième comptoir plus le tabac et quelques tables. Pour un paquet de cigarettes, il faut jouer des coudes. Au bout du comptoir, la porte des chiottes. À dix heures c'est propre ça sent la javel, mais à une heure, entre les vieux qui ont la prostate et les jeunes qui sont à trois grammes, tu pataugés dans la pisse. Il vaut mieux éviter de s'essuyer les mains au torchon crasseux du lavabo. Sous les platanes, chaque année, les stagiaires du Merle sont à la même table, avec deux ou trois autres des années précédentes qui ont trouvé du travail dans le coin, comme c'est mon cas. En tout, cette année, on est une dizaine, garçons et filles. Chacun parle de sa montagne où il va partir dans quelques jours. Une grande costaude part chercher des cacahuètes, on commande la première tournée.

Elle monte du côté d'Embrun pour un éleveur de Mas-Thibert.

On blague bien, ça s'anime, deuxième tournée. Je me rends compte avec mon année de plus sur eux, que je passe pour un homme d'expérience. Tu parles ! Je suis bien à l'aise à cause du pastis, alors je fais le coq, je crâne, mais en voulant être rassurant je crois que je leur fous encore plus la trouille.

Au bout de la table était assise une petite brune, l'air un peu timide. Elle est venue taper une cigarette à Pascal en tirant sa chaise et maintenant, elle est assise en face de moi. Elle me fait :

« C'est pas toi qui as pris un chien chez René ?

— Si pourquoi ?

— Je lui ai réservé une chienne sur sa prochaine portée, ça doit arriver ces jours-ci, je la prendrai à l'automne. Tu en es content ?

— Tu sais, René a la meilleure lignée de Border de Crau. Le mien a juste dix-huit mois, mais il fait déjà de très jolies choses. Des chiens comme ça sont faciles à dresser, ils ont beaucoup d'instinct, tu verras. »

On discute tous les deux encore de chiens et de tout le reste. Quand elle sourit, ça met le feu dans ses yeux noisette, ça me la rend moins farouche, et, avec l'aide du pastis, ixième tournée, et de quelques vannes, je la fais éclater de rire. J'oublie un peu le reste de la tablée, je regarde ma montre : une heure moins dix.

« Il faut que j'y aille, que si je passe pas à la coop le pello va me tuer ! Salut à tous, passez un bon été et surtout ne perdez pas le moral ! »

La petite brune me dit :

« Attends, je pars aussi, je vais acheter des chaussures. »

Après avoir pris la peinture et une paire de jambières, je l'accompagne. Le marchand de godasses me regarde de travers, je joue au connaisseur, elle se décide enfin. « Ma voiture est par là, il faut que j'y aille.

— La mienne aussi, je te suis. »

On parle encore de montagne, de brebis pour pas changer. Arrivés à ma bagnole, elle me demande : « On pourrait s'échanger nos adresses de montagne ? J'aime bien écrire. »

Les adresses griffonnées sur de vieux bouts de papier, je lui tends la main. Avec mes vingt ans, je ne suis pas trop dégourdi avec les filles. Elle pouffe, se rapproche de moi, mais au lieu de me faire la bise, elle pose en un éclair un tout petit baiser sur ma bouche. Elle me regarde, la figure pleine de sourire, « je t'écrirai en premier. » Et la voilà partie. Je reste là, vingt kilos de peinture dans une main, mes jambières dans l'autre, planté comme un con, à regarder son petit cul se faufiler entre les bagnoles. Avant de disparaître, elle me fait encore au revoir de la main. J'ai l'impression d'être une truite qui vient de mordre une mouche artificielle. Je ne sais pas si c'est cette fille, les pastis ou l'idée de partir dans une semaine, mais quand je rentre au mas j'ai une pêche terrible.

Le soir, les brebis sont pleines à craquer et ma tête aussi. Bon, je monte en Savoie pour Gilbert, je ne suis pas inquiet, il m'a garanti que c'était une bonne montagne.

Carine (la petite brune) monte dans les Alpes-Maritimes à Saint-Étienne de Tinée. J'ai regardé sur la carte, c'est en dessous de la vallée de l'Ubaye, je n'irai pas la voir tous les jours depuis la Savoie, ça fait loin.

Et merde ! Pourquoi j'irais la voir d'abord, qu'est-ce que j'ai d'elle ? Un baiser volé, et encore, après un apéro copieux. En attendant, je pense à elle sans arrêt. Je me dis que ça passera une fois en Savoie, et elle ne m'écrira peut-être jamais.

On marque le mardi suivant. Quand il marque Gilbert, ce n'est pas de la rigolade, ses deux initiales dans un rond, celles de son père, bien placées sur le flanc gauche entre l'épaule et le gigot, sans coulure, propre. Elles sont prêtes, vendredi on charge, six ou sept heures de route et trois mois d'aventure, la montagne et nous.

Les camions sont là à deux heures, celui de Gilbert avec sa remorque et deux grosses semi-remorques. Les chauffeurs râlent comme toujours. « Elles ont trop mangé, elles montent mal ! »

Gilbert en remet un à sa place : « Si l'odeur de la merde te dérange, tu n'as qu'à transporter du gasoil ! » Puis en se tournant vers moi : « Ça devrait le calmer ! »

En effet, fin des jérémiades. Enfin, à quatre heures et demie, tout le monde est dedans, le calme revient. Ma voiture est chargée jusqu'à la gueule, Gilbert se moque de moi : « Tu pars pour trois mois ou pour dix ans ? » Il reste juste la place de mon chien, coincé entre le groupe électrogène et une caisse d'habits.

Quand le convoi s'ébranle, La Crau s'éveille, l'aube claire laisse présager d'un jour chaud. Dans la pâleur du ciel, des vols de goélands descendent vers la mer, et sur le chemin, des bandes de lapins cavalent dans les phares. Malgré l'excitation du départ, je ne peux pas m'empêcher d'avoir le cœur un peu gros. Je n'y peux rien, c'est comme ça dans ce métier, on part et on arrive sans cesse. Transhumance, changement de place l'hiver, au printemps, on bouge toujours, comme tous les bergers du monde. On a beau se dire que ça n'a pas changé depuis des temps immémoriaux, c'est bouleversant. Possible que deux mille ans avant notre ère, les pasteurs du Niger, du Kazakhstan ou de Galilée aient eu les mêmes angoisses, va savoir.

Possible aussi que ce soit ça qui nous motive et nous passionne : changer d'endroit, obéir à la volonté des bêtes, être contraint par elles, par leur besoin insatiable de nourriture et être au final plus gouverné que gouvernant.

La route n'en finit pas. Sur l'autoroute, je me suis calé entre les deux semis, un peu comme si j'étais au milieu du troupeau. De temps en temps, je vois un museau ou une oreille qui dépasse des barreaux, elles doivent trouver le temps long, comme moi.

Montagne !

On déballe sous la pluie, une pluie fine de mai, comme la montagne sait en faire. Si le ciel me tombait tout entier sur la tête, ça ne m'empêcherait pas de monter. Encore deux heures de marche sur le sentier entre les sapins et on sera au quartier de juin.

Le troupeau sous la pluie s'étire à n'en plus finir, fumant d'eau, créant son propre brouillard qui m'enveloppe, doux et chaud. Gilbert va devant, c'est la place du pello. De ma place, je ne vois que les cent dernières. Les deux ânes, dociles, chargés de tout mon barda, chipent par-ci par-là un long épilobe. L'odeur de la forêt et celle des brebis se marient à merveille, le temps du passage, sublimées par la pluie. J'aimerais que cette montée n'en finisse pas, je me sens vivant, immergé dans ce grand chaudron qui déambule. Arrivés en haut, le brouillard nous prend pour de bon, un vrai brouillard de printemps. Le chalet est posé sur un petit replat entouré de prés.

« Elles ne bougeront plus, me dit Gilbert, on va faire du feu. »

Les brebis se plantent, fatiguées du voyage. Les plus vieilles regardent autour, retrouvent les repères des années passées, les agnelles s'inquiètent, bêlent leurs mères, surprises par tant de nouveauté. La pluie s'arrête avec la nuit, le vent se lève, laissant apparaître de timides étoiles « Demain, il fera beau. »

Mon chien s'est couché contre le poêle, un peu surpris lui aussi, son regard cherche le mien. Le chalet est vite chaud, petit et bien isolé. « La commune l'a fait refaire, il y a deux ou trois ans.

Avant, avec les courants d'air, tu pouvais pas allumer une bougie ! » rigole Gilbert.

Nos habits fument, malgré nos imperméables, on est trempés jusqu'aux os, mais le moral fait le monsieur. On se marre d'un rien, excités comme des puces, heureux d'être au début d'une saison nouvelle, pleine de promesses, d'herbe fraîche, de brebis grasses. On fait cuire des pâtes, le plat de référence en montagne.

Changés, le ventre plein, le corps chaud, on parle. On fume et on parle. Gilbert sort une petite fiole de génépi, on est bien. Pour un berger, se retrouver seul avec son pello est un moment rare. Après une journée de chiottes, les rapports sont sincères, on se parle sans détour.

Gilbert me raconte les débuts de son père. Tondeur, toujours sur les routes, avec la menace de finir plié en deux. Les premières brebis achetées avec les sous de la tonte, les places *d'herbassier*[27], l'achat du mas des Avaus, le troupeau qui grossit.

Il m'avoue qu'en prenant la suite il s'est retrouvé avec quatre mille, ça commence à faire une marque ! Je sais qu'aujourd'hui – mais ça il ne me le dit pas – on doit tourner autour des six mille. Il a tout juste quarante ans et six mille brebis. Je trouve ça extraordinaire, moi qui n'aie que mon chien et ma bagnole pourrie.

« Pour marcher, ça marche, mais tu peux pas imaginer le souci que c'est. Tu vois, ce soir ici, demain je redescends, je recharge après-demain matin et en route pour monter un autre troupeau. Si les camions n'ont pas de retard, et si la route n'est pas coupée, comme l'an passé, cocagne ! Mais un emmerdement peut

[27] *Herbassier* : éleveur loueur d'herbes.

toujours te tomber sur la gueule, au moment où tu t'y attends le moins. Regarde, il y a trois ans au col des Aigles, on monte *le rai* début juin, tout se passe bien, mais le vingt-quatre, le jour de la Saint-Jean, Mathieu, le berger monte en crête pour arrêter les brebis au milieu de l'après-midi. Il prend la foudre…

— Il est mort ?

— Non, pas mort, mais sérieusement blessé, brûlé, et une jambe paralysée. Le choc de l'éclair l'a projeté sur vingt mètres. Ce qui est incroyable, c'est que la crête, en haut, n'est large que de sept ou huit mètres, pas plus. Si ça l'avait balancé sur le côté, il aurait fait une chute de quarante ou cinquante mètres plus bas et là il serait mort. Mais non ! Ça l'a envoyé sur l'axe de la crête et ça l'a sauvé. C'est le berger de Monge, de Saint-Rémy, qui gardait sur l'autre versant du col qui, aux jumelles, a vu toute la scène et a donné l'alerte.

— Un coup de bol qu'il ait tout vu !

— Sans lui, Mathieu n'aurait pas pu s'en sortir. Après tu n'imagines pas le bordel : secours en montagne, hélico, hôpital. Je suis remonté des Avaus en catastrophe pour voir Mathieu et aller aux brebis. Il a fallu trouver un homme au pied levé et je te parle pas des assurances ! Ceux-là si tu as besoin de rien, tu peux aller les voir !

— Il fait toujours le berger ?

— Non. Il est revenu passer l'hiver en bas. Ça allait, mais au printemps, il m'a prévenu qu'il ne se sentait pas de remonter. Je lui ai proposé de changer de montagne, j'aurais pu le mettre ici ou sur une autre, mais je crois que la peur l'avait marqué. Il est parti début mai et depuis jamais de nouvelles, pourtant c'était un dur.

— En principe, en montagne, on dit toujours qu'en cas d'orage, il faut pas monter, mais si les bêtes t'échappent ou si tu vois pas arriver le mauvais temps, t'as pas bien le choix.

— Ça arrive souvent ce genre d'accident ?

— Non, pas souvent, mais on en parle tellement que ça fait calculer et certains en rajoutent parfois.

— Des accidents, il y en a eu et il y en aura encore, mais pas tant que ça. »

Je me couche avec ça dans la tête. Tu te crois fort, passionné, plein de jus et en l'affaire d'une minute, tu te fais griller par un éclair ou tuer par une pierre. Finalement, malgré le gros engagement que le métier nous demande, on reste à la merci de pas grand-chose : l'accident, le moral qui te lâche. Demain ça ira mieux, c'est le printemps, l'herbe est fraîche et la montagne incroyablement belle. Je m'endors.

Albert

Le quartier de juin, ce sont des langues de prés qui descendent en trois vallons successifs. Les brebis dorment derrière le chalet qui est sur la partie haute. Le matin, elles descendent jusqu'à la forêt, elles y chaument et remontent tranquillement en mangeant jusqu'au soir. Je prends plaisir à les voir manger, choisir le meilleur, trier les fleurs sucrées. Leur bonheur me galvanise, je vis dans un rêve. Gilbert est parti le lendemain, après m'avoir expliqué vaguement les biais sur le reste de la montagne, pas le temps de faire mieux. Il me dit que dans le chalet sous le nôtre, un vieux dénommé Albert viendra passer l'été, qui connaît la montagne comme personne et qui m'expliquera. Gilbert ne remontera pas avant le quinze août, en cas de besoin urgent, deux heures de descente et trois de remontée pour aller téléphoner !

Quelques jours plus tard en fin d'après-midi, j'entends appeler. Je réponds et je vois arriver un vieux type, un peu voûté, mais le pied sûr, qui vient à ma rencontre.

« Alors t'es le nouveau berger de Gilbert ?

— Et vous, vous êtes Albert !

— C'est ça, je t'ai pas vu en montant, j'ai pas voulu déranger tes bêtes et j'en pouvais plus. Je suis monté direct au chalet, j'ai fait du feu et préparé la soupe, ce soir tu manges avec moi !

— Mais…

— Discute pas gamin. Ici y a quatre chalets. Dans les deux du bas, jamais personne ne vient. Y a que toi et moi, alors tant que t'es là, on mange ensemble le soir et c'est moi qui fais la tambouille. Toi, t'as pas le temps et puis, vous les bergers, vous êtes juste bons à manger des pâtes et j'ai pas envie de bouffer des pâtes tous les jours, alors on fait comme ça ! »

Voilà dix minutes qu'il est là et il gueule déjà ! Il me plaît ce vieux, un savoyard en bois dur, taillé dans la masse. Il monte là dès qu'il peut, l'hiver il habite dans la vallée. Il est né ici, a gardé les vaches une partie de sa jeunesse et a fini sa carrière à la SNCF.

« Ça fait bientôt vingt ans que je suis à la retraite, dans cinq ans, j'aurais plus d'années de retraite que d'années de travail ! » dit-il en se marrant.

Le premier soir, il me fait une soupe avec des herbes qu'il a cueillies dans les prés et des patates, un vrai régal. La seule chose qui cloche, c'est son vin, un blanc de Savoie dont il raffole, un peu raide à avaler. Je le bois par politesse. À la fin du repas, il me dit :

« Et ta bonne amie, tu l'as laissée en Crau ?

— Mais j'ai pas de bonne amie !

— Pourtant, je t'ai monté une lettre qui ressemble à une lettre de fille ! »

Il sort de sa veste une enveloppe épaisse. Saint-Étienne de Tinée. Il me semblait l'avoir oubliée, la fille de Bel Air, mais j'ai le cœur qui se met à taper des pieds. Albert me regarde par en dessous, un sourire au coin des lèvres. Le facteur laisse le courrier au bistrot dans la vallée et quand quelqu'un monte, il l'apporte jusqu'ici.

Encore un coup de son putain de pinard et je file au chalet. Sur deux pages, je découvre une écriture ronde et appliquée. Carine est arrivée sur sa montagne trois jours avant moi, elle me décrit son alpage et son chalet dans les moindres détails, mais rien sur notre rencontre. J'aurais aimé un petit signe, un mot gentil, je me raccroche à la dernière phrase : « Réponds-moi vite ! » Lui répondre ne sera pas facile, trouver les mots justes, mais j'essaierai.

Je me sens bien à cet endroit, les brebis sont faciles, le cadre est somptueux et Albert ne tarit pas d'éloges sur le troupeau et ma façon de travailler. « Je vais dire à Gilbert qu'il te paye plus, parce que j'en ai vu passer des bergers, mais y a pas, t'es le meilleur ! » Il connaît en effet la montagne comme sa poche et se plaît à dire qu'il n'y a pas une seule pierre sur laquelle il n'ait pas marché, et des pierres, il n'en manque pas ici ! Pas de pelouse, de la caillasse partout, avec de grandes casses de blocs gros comme des bagnoles entre lesquels les brebis se faufilent par des passages qu'elles seules connaissent. Au plus haut, ça tape vers les deux mille neuf cents mètres, un quartier qu'il faut réserver aux premiers jours d'août.

« S'il fait mauvais à ce moment-là, c'est foutu, me dit Albert, la neige y revient vite et tes bêtes auront froid.

— Et avant ?

— Avant ? On voit bien que tu connais pas l'endroit ! La neige vieille y reste jusqu'au quinze juillet et il faut bien que l'herbe ait le temps de pousser. L'herbe, tu la verras pas, c'est un grand replat de caillasse noire, juste sous le glacier et les brins sont courts et épars, mais les brebis savent les trouver. Elles ne bougeront pas de toute la journée. Si tu n'as pas de malade, tu leur montes du sel tous les deux jours et roulez ! Tu pourras aller à la pêche, le torrent est plein de truites, je te montrerai les meilleurs trous. Sur cette estive, il faut laisser le troupeau tranquille, si tu lui colles au cul, tu l'emmerdes et tu fais rien de bon. Va les voir le matin, et fout leur la paix, va au génépi.

— Y en a beaucoup ?

— Si tu le mettais tout dans l'alcool, tes arrière-petits-enfants ne finiraient pas de le boire ! Seulement, fais gaffe, ne va pas le cueillir n'importe où, tu pourrais te tuer. Je te dirai les coins faciles et tu en auras bien assez. Ça va faire cinq ans cette année, que le fils du bistrot, en bas, s'est tué en allant au génépi. Il est monté un jour où c'était gelé, il a décroché et il a fait un saut de trois cents mètres. L'hélico a mis deux jours pour le trouver, son corps était enfoui sous les *arcos*[28], c'était pas beau à voir, alors fais pas le con ! »

En disant ça, il a perdu son air débonnaire, son visage prend un air grave.

« Tu sais la montagne, que tu lui coures sur le dos, elle s'en fout, tu viens passer l'été, tu fais manger ton troupeau, bon. Mais elle te prendra des bêtes inévitablement. Les chutes de pierres, le froid, la foudre, elle peut t'en prendre deux, cinq, dix, ça dépend. Mais ce que tu dois savoir, gamin, c'est qu'elle peut te prendre aussi. Homme ou mouton, elle fait pas la différence, alors tiens-toi à carreau, méfie-toi d'elle comme d'une maîtresse infidèle parce qu'au moment où tu l'aimeras le plus, où tu ne te méfieras plus d'elle, elle te fera un mauvais coup. Depuis bientôt quatre-vingts ans que je suis là, j'en ai vu partir, et des durs, des habitués, des fous de grimpe. Tant qu'il y aura des hommes en montagne, y aura un tribut à payer, c'est la règle. »

Je vois ses yeux humides, il n'en dira pas plus. Je comprends à quel point elle l'a fait souffrir, mais aussi qu'il l'aime toujours.

Après cette conversation, je me rends compte que je suis moi aussi tombé dans le panneau. J'ai hâte de monter là-haut pour la voir, la découvrir, lui courir sur le dos, comme il dit. Je l'aime déjà, sans la connaître et le danger dont il m'a parlé ne fait qu'attiser cette passion naissante, le risque m'excite, le piège est tendu.

---

[28] *Arcos :* aulnes.

Je me décide à écrire à Carine le soir même, pour lui expliquer tout ça, les mots d'Albert qui m'ont retourné. J'aurais envie de lui dire des choses sur nous, mais je n'ose pas.

Dans la semaine qui suit, le temps tourne à la con. Le vent apporte de gros nuages le matin et il pleut tous les après-midi. Ça dure dix jours. Les brebis tirent toujours vers le haut, espérant échapper à la pluie, je dois les tenir et je me mouille.

Les soupes et les paroles d'Albert sont un réconfort inestimable.

Au milieu de ce temps de merde, la deuxième lettre de Carine me fait du bien.

« J'espère que tu m'écriras encore beaucoup de lettres comme celle-là. Les mots du vieil Albert m'ont mis les larmes aux yeux. Même si ma montagne ne ressemble guère à la tienne, ses mises en garde et ses recommandations m'ont bouleversée. C'est un rapport semblable que je veux avoir avec elle, puissant et dangereux. Prends bien garde à toi, je ne veux pas te perdre. Réponds-moi vite ! »

Quand on passe ses journées sous la flotte et que les premiers doutes apparaissent, avoir un lien avec une fille à l'autre bout des Alpes, c'est rassurant.

Le beau temps revient enfin et la chaleur prend le dessus, les brebis chaument pendant cinq ou six heures, assaillies par des nuées de mouches. Elles cherchent les ombres fraîches, les endroits exposés à l'air qui vient d'en haut. J'en profite pour m'occuper de mon linge et pour couper du bois pour l'automne. Albert me propose d'aller faire un saut au-dessus. « On n'ira pas jusqu'au chalet, on n'aura pas le temps, mais tu le verras de loin, et on passera au-dessus de la barre, ça te donnera une idée. »

À dix heures, nous voilà partis. Malgré son âge et la chaleur, il monte vite, gueulant après les mouches qui nous tournent autour en vols sonores. Le chemin, au sortir des prés, traverse un long éboulis, avant de s'attaquer en zigzag à la barre. Tout en haut, on a cent mètres de vide sous nos pieds. « Les brebis, il faut les faire filer vite devant et surtout ne pas s'arrêter. »

Vu la largeur du chemin, elles doivent passer à deux ou trois, pas plus. Si ça s'arrête, ça risque de dégringoler, mais avec Albert devant, qui filera comme un avion, pas de soucis.

Une heure plus tard, on sort au-dessus et la montagne entière s'offre à nous ! « Alors gamin, qu'est-ce que tu en dis ? »

Une grande tarte dans la gueule, voilà ce que j'en dis. Immense, lumineuse, magnifique, colorée. Le gris des rochers sur le vert tendre de l'herbe, les cimes noires qui accrochent de fines écharpes de brouillard sur un ciel impeccable et au fond tout là-bas, tout là-haut, la masse énorme, bleutée, fracassée, tourmentée du glacier. Le torrent traverse l'alpage en son milieu, blanc d'écume en cette période de fonte, maltraite les rochers, file au plus vite, pressé de rejoindre la vallée. De chaque côté, les éboulis se battent dans les langues de verdure, semblent à la lutte avec des casses gigantesques, des blocs énormes et insolents posés comme des structures d'art contemporain, défiant toutes les lois de la gravité. J'en ai le souffle court, et Albert, en vieux montagnard, se rend compte de mon émoi : « Elle est toute à toi, gamin, et pour tout l'été ! » Il ne tarit pas d'explications, de conseils, me fait apercevoir les tôles grises du chalet, là-bas tout au loin, comme un petit œuf dans le fond d'un nid de verdure. De là où on est, il faut encore marcher une heure pour y arriver, et au-delà, plus de sentier, plus rien que la montagne et sa stupéfiante pureté.

Le soir après souper, j'écris tout ça à Carine, la tête pleine de toutes ces images incroyables, incapable de fermer l'œil. Si elle était avec moi, je lui ferais l'amour toute la nuit. Je finis ma lettre en lui disant ça, on verra bien, j'ai trop de bonheur à partager.

D'après Albert, la végétation est suffisamment en avance pour que je puisse monter le vingt-cinq juin, ça colle avec les recommandations de Gilbert. Encore une petite semaine en bas et youpi ! Je dois prévoir trois tours avec les ânes pour monter toutes les affaires. L'hélico montera le sel un peu plus tard, j'ai de la réserve au chalet pour débuter la saison. Tout à coup je panique, comment faire pour le courrier ? Je m'affole à l'idée de ne plus écrire à Carine, moi qui pensais que je l'oublierais avec la montagne, ça n'en prend pas le chemin ! Albert me rassure en me disant qu'il viendra me l'apporter ou le fera monter par quelque occasion, un pêcheur, un ramasseur de génépi ou le gars qui vient faire des relevés sismologiques une fois par mois. Pour envoyer une lettre, on fait pareil, mais dans l'autre sens.

L'avant-veille du départ, un cousin rend visite à Albert, les coups de blanc partent en rafales. Il a une lettre pour moi, je suis impatient et inquiet à la fois, avec ce que j'ai écrit dans la dernière. La lettre est plus longue que d'habitude, ce qui ne me rassure pas. Elle me raconte une fois de plus son estive, ses journées, les soins aux bêtes, les gens qu'elle rencontre, mais pas un mot sur nous. Elle termine par son « Réponds-moi vite » habituel. Merde ! C'est pas possible ! Elle ne m'a pas lu ! Mais en faisant plus attention, elle a mis quelques mots en tout petits, perpendiculairement aux lignes :

« Le soir où tu es redescendu, c'est dommage que je n'aie pas été avec toi. »

La voilà ! Carine ! La fille de Bel Air, cette petite brune timide. Je la revois sous les platanes, je revois ses yeux noisette, ses cheveux noirs, son air un peu inquiet et j'entends ses éclats de rire. Elle est dans ma vie maintenant, elle arrive avec la montagne, aussi désirable. Je me sens prêt à les aimer toutes les deux.

Le matin du départ, je retrouve Albert à quatre heures. On doit passer la barre avant que le soleil ne sorte. Quand on démarre, le jour pointe son museau, dans le gris de l'aube la montagne nous régale d'odeurs fraîches, comme si elle se parfumait pour mieux nous séduire. Un coq de bruyère roucoule dans le vallon d'en face, caché sous les rhododendrons. Le troupeau s'allonge, elles sont impatientes. Albert doit jouer du fouet pour ne pas se faire dépasser dans le vacarme des sonnailles des meneuses. Le serpent à mille quatre cents têtes s'attaque à la barre, je les vois d'en dessous, je surveille la pierre imprévisible et assassine, mais tout se passe à merveille, on sort de la barre avant le soleil, pari gagné !

Je trouve Albert qui regarde le troupeau s'étaler, assis contre un rocher : « Et voilà gamin ! On peut les laisser maintenant, elles sont chez elles. Nous on prend les ânes, et on file au chalet ! »

L'été

Le chalet, c'est une pièce, une cave en dessous et un appentis en tôle pour le bois. Dans la pièce, un lit, un bout de mezzanine à échelle, un petit poêle à trois trous, et luxe suprême, un évier. L'eau dans le chalet, ça ne se voit pas partout. L'eau est prise un peu plus haut, dans un des innombrables ruisseaux qui confluent vers le torrent, presque bleu à cette hauteur, glacé comme un bonbon à la menthe, un fragile pont de bois permet de le franchir. Sans lui, l'accès au chalet serait impossible. Il sert aussi à compter les bêtes, à les trier si besoin, mais ce qui sert de parc de tri est dans un état déplorable. Planches, grillage et tôles mélangés, rajoutés, sont superposés dans un enchevêtrement indescriptible. Devant le chalet, je suis surpris de trouver tout un tas de belles planches, qui relient des morceaux de poteaux, genre poteaux de téléphone, traités avec un produit qui pue. « C'est l'ancien paravalanche qui était sur la crête. Ils ont dû le refaire en métal, et la commune t'a fait monter ça par l'hélico. Tu pourras t'en servir ou le brûler dans le poêle. » M'explique Albert. La cave est profonde et fraîche, elle permettra de conserver les provisions. Je trouve pêle-mêle dans le chalet, une lessiveuse, une canne à pêche, quelques vieux outils, et un peu de vaisselle, c'est largement plus que ce dont j'ai besoin.

On s'assoit dehors pour casser la croûte en plein soleil. On voit le troupeau qui s'étale en face. Elles sont loin, à peine si j'entends les sonnailles. « Ce soir, elles dormiront en crête. » Albert est heureux, on force un peu sur le vin blanc. Il se souvient du temps où beaucoup de monde passait l'été en haut, des familles entières.

« On faisait du fromage, on montait des chèvres, des poules, pour pouvoir passer l'été. Les hommes fauchaient les coins où l'herbe était la plus haute, les vaches mangeaient le reste. Puis on descendait le foin à dos d'homme jusqu'à la barre et on faisait glisser les grands sacs de toile sur un câble tendu jusqu'en bas, c'était pas du travail facile, mais on le faisait quand même, on était pas malheureux.

— Mais vous logiez où ?

— Tous ces tas de pierres que tu as pu voir le long du sentier, c'étaient des cabanes. Plus haut, tu en verras de plus grandes, pour les vaches. Tu verras les sols pavés, avec une rigole au milieu. On y faisait passer un ruisseau qu'on détournait, ça charriait la merde jusque dans une petite fosse, tu les trouveras aussi, et après on épandait ça dans les prés, pour l'herbe de l'année suivante. Tu vois, on avait pas le temps de s'ennuyer, mais c'était dur et c'est pour ça qu'on a tous foutu le camp. Travailler à la SNCF ou dans les villes ça payait mieux et pour moins de peine, alors on a vite fait le choix, c'est comme ça. Tu sais, les regrets, ça sert à rien. Aujourd'hui quand j'y pense, j'ai le cœur un peu gros, mais je suis vieux et tous ceux dont je te parle ont disparu, alors… Alors je me dis qu'on n'avait pas grand-chose, mais on aimait rigoler, on était solidaires. Si l'un d'entre nous tombait malade ou se blessait, les autres se partageaient son travail sans rien demander. À charge de revanche, sur des années ou des générations, c'était dans l'esprit montagnard. Seul tu n'es rien, à plusieurs tu tiens mieux le coup face à la montagne, car je te l'ai déjà dit, elle ne fait pas de cadeau. Aujourd'hui, quand je descends à Chambéry, je vois des gens qui dorment dans la rue, tu crois que c'est mieux ? Ah, on a tout le confort, la télé, les bagnoles, les avions, mais des hommes et des femmes dorment sur des cartons en plein froid. Ça, c'est pas normal ! Non, c'est pas normal ! Et les autres passent autour, sans même les regarder ! Ça me rend malade. Une année, j'étais gamin, un gars s'est fait tuer par une vache, un mauvais coup de pied. Il est mort quelques jours après, en laissant sa femme et son petit garçon de mon âge. Eh bien, mes parents se sont occupés des deux tant qu'elle n'a pas retrouvé un homme quelques années plus tard. Et le petit, il a été toute ma vie comme mon frère, on a grandi ensemble. Le pauvre est mort l'an passé, ça m'a vraiment fait de la peine, mais bon, ça, c'est la vie. »

Après un peu de sieste réglementaire, la casquette sur les yeux, Albert se met en route, je l'accompagne jusqu'en haut de la barre. « Si tu as besoin, tu sais où je suis, gamin, mais de toute façon, moi je remonterai, bon courage et à bientôt ! » Je vais au troupeau dans le soleil qui descend, je reste avec elles tard, je suis seul maintenant. C'est ce que j'ai voulu, que j'ai tant espéré, je caresse mon chien pendant de longues minutes, je me sens fragile, la montagne s'assombrit. En arrivant au chalet, j'allume du feu et j'écris à Carine.

Les jours suivants je découvre avec avidité l'étendue de mon nouveau domaine. Je file au troupeau avant qu'il ne se mette en branle, je fais les soins nécessaires et reste avec elles pour le plaisir de les regarder manger. Leur laine, depuis les pluies de juin, est propre et blanche et la marque bleue de leur flanc ressort davantage. Elles ont commencé à prendre du poids, elles travaillent, comme on dit entre nous. Je redescends manger au chalet, ou j'emporte mon repas et je pars crapahuter quelques heures, je fais les crêtes, dévale en criant les éboulis de gravier, avec Jazz (c'est le nom de mon chien) qui me suit en jappant, trop heureux de la déconnade. Je découvre d'énormes névés, épais de plusieurs mètres, les ruisseaux ont parfois creusé en dessous et je peux m'avancer de quelques pas dans l'ombre glacée. Je surprends des chamois en train de se rôtir le dos dans une anfractuosité bien abritée qui détalent en sifflant de toutes leurs narines. Jazz est stupéfait de la scène : pour lui, il n'est pas d'autre animal qu'un mouton et un mouton ne se conçoit qu'en troupeau, alors ces quelques biques cornues qui voltigent sur les rochers comme des papillons, c'est du délire ! Après plusieurs rencontres, je finis par le calmer, lui faire admettre qu'à l'instar des marmottes, les chamois font aussi partie du paysage et qu'il serait illusoire de vouloir rassembler toutes les bêtes de la Création en un seul et immense troupeau. Il finit par comprendre, mais je sais qu'il se sentirait capable d'essayer !

Dès que de loin, j'aperçois les brebis qui déchaument, je viens les retrouver et on reste ensemble jusqu'à la presque nuit. Dans ces moments-là, j'aime écrire à Carine, un peu comme si je peignais. Je lui écris ce que je vois et rentre à la nuit tombée, les jambes douloureuses, écrasé de fatigue, j'avale un paquet de cinq cents grammes de pâtes et je m'endors heureux.

Les lettres de Carine arrivent parfois par deux, elle en écrit plusieurs en un seul jour. Maintenant, elle parle de nous deux, elle évoque une rencontre en Crau à l'automne, insiste sur le plaisir que lui provoque notre correspondance. Je suis moi aussi toujours impatient d'ouvrir ses courriers et je les relis plusieurs fois, parfois tous dans la même soirée dans l'ordre chronologique.

Quelques jours plus tard, sur le coup des midis, arrive un homme pas tout jeune, mais un peu plus qu'Albert, un conseiller municipal qui me prévient de l'arrivée de l'hélico pour le lendemain. Je dois tendre un drap blanc qu'il m'a apporté entre quatre grosses pierres au sol pour que le pilote sache où poser les charges. Outre la tonne de sel, la commune fait monter un filet de bois, des rondins coupés à la mesure du poêle, que je n'aurais qu'à refendre avec la hache du chalet. Cocagne !

Le pilote est un as, il pose les deux charges pile à l'endroit indiqué par le drap, les deux rotations ne prennent pas plus de dix minutes, Jazz a du mal à comprendre quel est ce nouvel oiseau bruyant et venteux qui disparaît aussi vite qu'il est venu. Quel étrange pays ! Je repense à la montagne du temps d'Albert, pleine de monde et à la mienne aujourd'hui, avec moi pour seul occupant. Que doit-il vraiment en penser ?

Je suspends pour quelques jours mes balades. Je dois m'occuper du bois, et surtout de ce parc de tri qui me fait honte. Patiemment, je démonte tout le fatras, tôles, grillages et planches. Je récupère méticuleusement les clous, précieux pour la future reconstruction, et commence à échafauder un plan de la future installation. Les poteaux du paravalanche et les tôles suffiront à faire un petit abri dans le parc ce qui me permettra d'isoler des malades éventuelles. Je mettrai un peu d'herbe en défens pour qu'elles aient à manger, le grillage devrait suffire. Les planches récupérables serviront au parc proprement dit et je me paye le luxe d'un petit pédiluve au cas où ça se mette à boiter. Je passe un temps infini à détordre les clous, un par un, au marteau, sur une pierre plate. Une semaine plus tard, je suis content du résultat, d'autant que j'ai eu assez de planches pour refaire les rambardes du pont qui ne tenaient plus que par l'opération du Saint-Esprit.

Albert reste sur le cul :

« Mais t'as fait ça tout seul ?

— Mais oui, avec qui vous voulez que je l'aie fait ?

— Alors là, chapeau, gamin ! Va chercher des verres, il faut qu'on boive un coup ici ! »

Vin blanc bien sec à dix heures du matin, mon estomac crie au secours, mais je jubile de le voir surpris et fier du travail accompli.

« Vous restez un peu ?

— J'ai la journée, mon petit, mon patron ne dira rien ! Je suis venu pour qu'on aille à la pêche.

— Maintenant ?

— Mais oui ! C'est le bon moment ! Le soleil a dû ragaillardir les truites, elles auront faim. Je te parie qu'à midi on en mange deux chacun, ça va te changer des pâtes ! »

Le parc de tri refait et le vin blanc lui ont donné une patate terrible. Je sors la vieille canne à pêche du chalet :

« Elle sera parfaite, j'ai apporté une poche d'hameçons au cas où. Allez, on y va ! »

Il m'apprend à ouvrir les fleurs des chardons dans lesquelles se cachent des petits vers blancs grassouillets dont les truites raffolent. À chaque fois qu'il pose la ligne dans l'eau, ça mord ! Je n'en reviens pas. « Elles sont toujours aux mêmes endroits, c'est pas compliqué, il y a des trous où tu prendras jamais rien, mais dans d'autres tu en prendras toute ta vie. Bon ! J'en ai pris trois, à toi pour la quatrième, pose ici, juste derrière le remous ! » À peine le ver tombe dans l'eau, le fil se tend et je sors un beau poisson qui se tortille sur le pré. Jazz est à fond ! Encore un truc nouveau ! On les mange tous deux, ruisselantes de beurre et copieusement arrosées de vin blanc, il en avait monté deux bouteilles au cas où…

« Tu es monté au quartier d'août ?

— Oui, mais il a quelques jours déjà, c'était encore bien couvert.

— Remonte voir sans trop tarder, la fin juillet approche, ça va être le moment. Si tu manques le coche, c'est foutu. Tes bêtes vont bien ?

— J'ai soigné quelques boiteuses, des pieds fendus par des pierres coupantes au moment où elles mangeaient dans le pierrier sous le col des Champs.

— C'est normal, c'est des lames de rasoir, ça arrive chaque année.

— Je viendrai quand tu les auras mises là-haut, on ira au génépi, il sera en fleur à cette époque. Tu as dû en voir quelques plantes par-ci par-là ?

— Oui, je crois, mais pas encore fleuri, l'odeur est forte, non ?

— Oui c'est ça, des petites touffes, des feuilles gris-vert et les brins fleuris qui sortent de la touffe. Tu en mets quarante brins dans une bouteille, quarante morceaux de sucre, tu remplis d'alcool à quatre-vingt-dix et tu laisses quarante jours, c'est pas compliqué. Ensuite, tu filtres, et tu rajoutes une quantité d'eau égale au volume filtré, ça te fait une liqueur à quarante-cinq. Tu peux le garder dix ans, ça bougera pas ! Mais c'est bon aussi si tu t'enrhumes, en infusion. Dix brins dans un peu d'eau chaude, auxquels tu rajoutes des fleurs de pensées, c'est radical, mais ne bois pas ça le soir, tu dormirais pas de la nuit.

— Ah bon ?

— Oui, le génépi c'est un tonique cardiaque, je crois que c'est comme ça qu'on dit, ça active le palpitant, quoi ! Quand j'étais jeune et qu'on partait faire une course un peu longue, on buvait l'infusion avant de partir, on sentait pas la fatigue.

— Mais c'est pas mauvais pour le cœur ?

— Il faut pas en abuser, c'est comme tout. Regarde-moi, bientôt quatre-vingts berges et toujours gaillard ! »

Quel personnage incroyable ! Avec lui, tout est simple, clair comme l'eau. Sa vie de montagnard l'a fait ainsi, tout doit se faire et tout se fait, dans l'ordre des choses, dans l'ordre des saisons. Si tu respectes ça, rien ne peut t'arriver. La montagne est hostile, tu dois rester à ta place de petit bonhomme de rien du tout, vulgaire puce sur le dos d'un chien.

Le mois de juillet touche à sa fin, les jours ont raccourci, les nuits sont plus fraîches, pas question de se passer du poêle le soir. Le quartier d'août est propre, et les quelques pluies fines du début du mois sont chaudes et n'ont pas blanchi les sommets. J'y envoie le rai le trois, et le cinq, revoilà Albert, vin blanc et courrier ! On trouve du génépi plus que ce qu'il n'en faut et on passe encore une journée mémorable, pleine d'éclats de rire et de complicité. « C'est pas compliqué ! »

J'attends Gilbert autour du quinze, mais pour le moment, je les laisse au plus haut. Un soir je reste avec elles bien au-delà de la nuit, pour voir. Elles ne s'arrêtent de manger qu'à minuit passé, se couchent sans vraiment se rassembler et restent ainsi jusqu'à dix heures du matin. De vraies vacances !

Le matin du neuf je les retrouve couchées sous une fine pellicule de neige qui a grisé tout le décor. Elles ne sont pas plus dérangées que ça, ruminent à pleine bouche, presque étonnées de me voir.

Une lettre de Gilbert me prévient qu'ils monteront avec sa femme, Magali, le quatorze pour repartir le quinze qui tombe un lundi. Je ramène tout le monde le treize au soir, on en profitera pour compter et de toute façon, en haut les nuits sont devenues trop froides.

Je les vois arriver tous les deux aux jumelles et descends à leur rencontre. Gilbert s'est arrêté avant le pont.

« Putain ! Albert m'avait prévenu, mais là, c'est le Far West ! Mais qu'est-ce qui t'a pris ? En tout cas, bravo ! Ça en avait grand besoin ! Mais, tu as fait un pédiluve, tu as des boiteuses ?

— Non, non, il me restait quelques jolies planches, alors au cas où…

— Bon et les brebis, elles ont travaillé un peu ?

— Je crois. Je souris.

— Pourquoi tu souris comme ça ?

— Parce que je crois, c'est tout. Mais c'est à vous de le dire.

— Où elles sont ? On les a pas entendues en montant.

— Sur le replat juste au-dessus, on y va ?

— Oh la ! Non ! On est crevés ! En ce moment, on n'arrête pas, d'un troupeau à l'autre, monte, descend, basta ! Alors on va manger un morceau, un peu de sieste, ce soir tu les amènes au chalet et demain on comptera. Tu as compté récemment ?

— Je compte à peu près tous les dix jours et là, ça fait dix jours qu'elles étaient sous le glacier, je les ai ramenées hier au soir, elles ont fini là-haut. Mais il manque rien.

— Si elles sont restées dix jours sous le glacier, elles doivent être belles ! Fait Magali.

— Pourquoi tu dis ça ? demande Gilbert.

— Hé ! Parce que tu l'as toujours dit, couillon ! Ton père le disait déjà, alors… Elle se fout de lui !

— Bon, j'ai compris, allez on va manger, j'en peux plus de faim ! »

Ils m'ont monté des provisions, du café, de l'huile, du chocolat, de la confiture, des biscuits.

Magali me demande :

— Vous mangez assez au moins ? Vous n'êtes pas épais !

— Pour que le troupeau soit gras, le berger doit être maigre, je l'ai toujours entendu dire, fait Gilbert.

— Mais arrête un peu avec tes brebis, répond-elle, puis vers moi : qu'est-ce que vous mangez ?

— Des truites et des pâtes, du riz parfois !

— C'est pas trop équilibré, ça !

— Mais fous-lui la paix ! Si ça lui plaît de manger toujours pareil !

— Quand même, il n'est pas épais. »

Je l'aime bien Magali, une vraie méridionale, encore plus brune que Carine. Elle me materne un peu. Je sais que leur grand malheur, c'est de ne pas avoir eu d'enfants. On n'en parle pas, mais je le sais. Elle est gentille avec moi, me demande pour le linge, si je n'ai pas froid, si je ne m'ennuie pas. Je l'avais vu une fois ou deux aux Avaus, le jour où je me suis embauché, puis une autre fois. Elle a toujours un sourire compatissant et attendri.

Je vais chercher le rai le soir, je suis content, elles sont pleines à craquer. J'entends Gilbert qui dit à Magali : « Elles ont travaillé. » puis à moi : « Tu es sûr qu'il n'en manque pas ? Il y en a une que je connais, il ne me semble pas de la voir.

— Laquelle ?

— Une pas trop grosse avec une petite tache noire sous l'œil.

— Je viens de la voir passer. »

Magali s'est rapprochée de moi : « Cette année il fait ça à tous les bergers ! » En levant les yeux au ciel dans un soupir.

Le soir elle fait griller des côtelettes. Je voulais m'en occuper, mais pas moyen et Gilbert me dit :

« Ne me la contrarie pas, qu'après, elle devient pénible !

— Tu sais ce qu'elle te dit la pénible ? »

La soirée est agréable, les deux se charrient sans cesse, c'est bon de voir du monde. Je suis bien seul, ce n'est pas la question, mais un peu de compagnie, ça ne fait pas de mal. Je me régale avec les côtelettes, ça fait un bail que je n'en avais pas mangé. Et un melon, ils ont apporté un melon, je ne savais plus le goût que ça avait.

— Je te dis qu'il mange pas assez !

— Tu m'emmerdes !

Gilbert sort sa petite fiole de génépi.

« Tu en as trouvé ?

— Un peu…

— Prends-moi pour un con, si tu y es allé avec le vieux, tu as dû en ramasser un plein sac !

— Oui, c'est ça ! »

Magali se marre.

« Il va vous demander de lui en donner.

— Et pourquoi pas ?

— On en a de pleines bouteilles à la maison.

— On sait jamais ! »

Il sourit en se caressant le menton.

« Albert me dit que tu reçois beaucoup de courrier ?

— Oui, assez !

— Toujours le même, il paraît ?

— Ça se peut ! C'est une amie qui est bergère dans la Tinée, on s'écrit, voilà tout.

Il se tourne vers sa femme.

— C'est la petite brune qui est stagiaire pour François.

— Elle est mignonne !

— Vous la connaissez ? » Je perds les pédales.

« Mais oui on la connaît ! Elle est venue visiter les Avaus avec sa promo du Merle à l'automne dernier. Elle te l'a pas dit ?

— Peut-être qu'elle ne lui dit pas tout. »

Je reste tout penaud à l'idée de savoir qu'ils connaissent Carine.

Le lendemain, en partant, Gilbert me dit :

« On redescendra pour la Saint-Michel, ça va agneler au tout début d'octobre, mais c'est pas à ton mas qu'elles iront, je préfère les faire agneler au mas Saint-Jean. Toi, tu feras agneler à partir du quinze octobre le troupeau du col des Aigles, alors si tu veux prendre quinze jours, ça peut se faire. À toi de voir, sinon tu iras aider à Saint-Jean. »

Magali me fait :

« Vous pourriez en profiter pour aller faire un tour dans la Tinée, c'est joli la Tinée, pas vrai Gilbert ?

— Très joli, surtout à l'automne ! Allez, on te fout la paix, bon courage !

— Et n'oubliez pas de manger ! »

Ils partent en se marrant comme deux mômes, contents de leur coup.

Après le quinze août, le temps change, les nuits s'allongent, il pleut plus souvent et les brebis sont calmes. Le troupeau ne bouge pas et me laisse du temps pour recommencer mes excursions. Je me décide à m'approcher un peu plus du glacier, pour voir.

Entre le quartier d'août et lui, la moraine s'étend sur cinq cents mètres, en un immense champ de caillasses, rabotées et broyées par la violence et la force démesurée des éléments. Pas la moindre trace de végétation, pas d'animaux, pas de vie. Seulement la brutale minéralité de la montagne, comme à ses débuts, comme quand tout a commencé, dans les craquements et la violence des choses, bien avant nous. Le glacier, en reculant, laisse sa moraine, preuve et trace ultime de son passage, fruit de son travail, révélant la formidable dimension de sa puissance et surtout, appelant à la plus grande humilité de notre part, petits êtres fragiles et prétentieux. Je reste de longs moments au milieu du chaos, interloqué par cette effrayante beauté. Jazz gémit en petites plaintes craintives, m'incite à avancer pour trouver des lieux plus hospitaliers. Nous arrivons, enfin, contre le mur de glace, haut de plusieurs mètres, qui nous interdit toute progression. L'eau suinte doucement de la base, en une lente et sûre hémorragie, disparaît dans les entrailles de pierre pour prendre un chemin qu'elle seule connaît. La glace est là, bleue et immobile, mémoire intemporelle de notre lointain passé. Un aigle royal tournoie au-dessus de nous, très haut dans le ciel, en gardien du domaine. C'est ici la fin du territoire des bergers. Seuls vont au-delà, les Rebuffat, Ghirardini, Mauduit et tant d'autres, celles et ceux pour lesquels le ciel est l'unique limite. Je dois rester à ma place, je le sens plus que jamais, je n'ai pas la carrure ni le mental, pour poursuivre. C'est ainsi. Je pense à Carine, petit bijou épinglé à mon cœur, notre amour naissant me semble ici plus fragile, j'aimerais la serrer dans mes bras. Un coup de tonnerre me sort de mes pensées, l'orage arrive par en bas, je dois descendre. Jazz part devant, trop heureux de quitter cet endroit maudit. La grêle m'oblige à m'arrêter plusieurs fois en route sous une plaque de rocher, éclair et craquement sont instantanés, je suis pile en dessous. Jazz tremble de tout son corps, trempé jusqu'aux os. Je n'ai qu'une hâte, voir les brebis, inquiet qu'elles aient pu monter en crête, mais le brouillard s'installe sous l'orage, me privant de toute visibilité. J'avance malgré tout, trempé de sueur sous mon imperméable collant, finit par l'enlever, me mouille définitivement. J'arrive enfin au pied du travers où je les ai laissées. Pas de bruit, un silence angoissant sous la pluie, fine maintenant. Elles sont arrêtées, probablement. Une sonnaille se secoue enfin, je monte à l'aveugle sur les graviers glissants. Une odeur de pierre à briquet que je n'oublierai plus jamais me surprend tout à coup, devient insistante et envahit le brouillard. Elles sont là, apparemment tranquilles, je me rassure un peu, mais cette odeur ne me dit rien de bon. L'orage est monté vers le glacier, je peux faire le tour du troupeau par le haut pour m'assurer que tout le monde est ensemble. Par la droite, pour passer derrière elles. Jazz, qui marchait devant, revient subitement dans mes jambes. « Qu'est-ce que tu as vu ? » Il me regarde, remue la queue, scrute dans le brouillard et pose ses pattes sur mon ventre. « Qu'est-ce que tu as vu ? » Une brebis est là, morte, la tête à la pente, la langue dehors. Je comprends enfin. La foudre a tapé sur la crête, d'où cette odeur de cramé, déclenchant une chute de pierres qui a ramassé l'arrière du troupeau. J'en trouve trois autres, dont une qui a roulé jusqu'en bas. En remontant, je tombe sur une trace de sang qui suit une draille en direction du troupeau. Je trouve la blessée. Le rocher lui a massacré la gueule, arrachant le museau, seul un morceau de mâchoire inférieure pend par un bout de peau. Je sais instantanément ce que je vais devoir faire. Malgré sa blessure, elle veut continuer à suivre, à rester au troupeau. Mon couteau plonge dans sa gorge dans un gargouillis de sang chaud qui coule sur ma main. Elle se débat à peine, comme si elle s'avouait vaincue et au moment où son œil se fige, un rayon de soleil perce les nuages et vient nous éclairer. *Le rai* s'est remis en route et descend en mangeant vers le chalet. Le soir, alors qu'elles se couchent, je trouve encore une patte cassée que je plâtre sans difficulté. Je reste avec elles jusqu'à la nuit tombée à la fois coupable et impuissant. Le froid finit par me faire rentrer. J'allume du feu et sans manger, j'écris à Carine en pleurant. Je suis à ma limite, je me sens seul et pense à renoncer. Et si je n'étais pas allé voir ce putain de glacier, peut-être que l'accident n'aurait pas eu lieu ? Je pense aux mots d'Albert « Le tribut à payer. »

Je vais le voir le lendemain. Il me voit arriver :

« Qu'est ce qui va pas gamin ? »

Je lui explique et lui dis que je dois descendre pour prévenir Gilbert, pour les assurances.

« Surtout pas, tu es sous le choc, ne va pas marcher cinq heures, c'est bon pour qu'il t'arrive une connerie. Demain, c'est samedi et mon fils doit monter, je lui dirai de faire le nécessaire, il ira voir le maire qui fera le certificat pour l'assurance. Tu m'écoutes, un point c'est tout ! Viens, on va manger un morceau. »

Il n'a que des mots apaisants pour moi :

« Dis-toi bien qu'au lieu d'en perdre cinq, tu aurais pu en perdre vingt ou plus encore. C'est pas grave, gamin, c'est pas grave. Toi tu n'as rien et c'est l'essentiel. Tu vas remonter et dans quelques jours, ça va passer. Gilbert ne t'en voudra pas, il sait ce que c'est. Ne t'inquiète pas. »

Ses paroles me font un bien fou et je remonte un peu réconforté.

Il vient me voir trois jours après. « J'avais besoin de me dégourdir les jambes. »

Mes angoisses de la fin d'estive ont pris le pas sur mon insouciance du début. Gilbert m'a écrit une petite lettre, pour me rassurer, je pense qu'Albert doit y être pour quelque chose. Le troupeau qui est à l'Alpe d'Huez a subi une attaque de chiens errants, une quinzaine de bêtes sont esquintées, il a dû monter avec un petit camion pour les évacuer. Je ne lâche plus le troupeau d'une semelle, hormis pour piquer une truite vite fait dans le torrent. Le lendemain du drame, les aigles et les grands corbeaux se sont mis à tourner au-dessus du charnier. Il ne reste plus maintenant qu'un peu de laine et quelques os blanchis par le soleil. La nature fait vite et bien les choses, la mort prend la vie, mais la vie est plus forte que tout et reprend ses droits sur la mort.

Le mois de septembre est beau et chaud, les ventres s'alourdissent et la patte cassée est à nouveau au troupeau. Je me suis mis à mon tour à écrire à Carine plusieurs lettres par jour. Elle sait que je viendrai à l'automne, elle me dit qu'elle compte les jours. Son visage m'échappe par moments, je l'ai tellement peu vue. Je crains qu'elle ne me trouve changé, cet accident m'a renfermé un peu plus sur moi-même et je me surprends à me cacher quand je vois monter de rares promeneurs.

Gilbert arrive le vingt-huit, on descend au quartier de juin le vingt-neuf, pour pouvoir charger le trente. Le matin, une brebis a posé deux beaux agneaux. « Il est temps de partir. » Nous dit Albert.

Le matin du départ, il me serre longuement la main.

« Tu reviendras, gamin ?

— Oui, je reviendrai !

— Alors, à l'année prochaine !

— À l'année prochaine ! »

Je suis triste de le quitter, je me retourne plusieurs fois pour lui faire signe. J'ai les larmes aux yeux, je quitte Albert, mais aussi la montagne, ces trois mois sont passés si vite.

Le soir, on a parqué le troupeau au bord de la nationale, Gilbert voit que je ne suis pas bien : « C'est normal que tu aies le cafard, ça fait ça à tous les bergers en fin d'estive. » Il sourit : « Va passer quelques jours avec Carine, ça te fera du bien. » Il se caresse le menton.

Carine

La vallée de la Tinée, je ne savais pas où c'était. Les Alpes Maritimes, ça se limitait pour moi à la Côte d'Azur, mais c'est surtout de la montagne. Pour monter jusqu'à Saint-Étienne, cocagne ! Après, Carine m'a envoyé un bout de plan, mais je prendrai une carte en arrivant, au cas où. Ça n'a pas beaucoup d'importance, je suis tellement impatient de la retrouver. Elle ne sait pas quel jour je vais arriver ni à quelle heure, dans ma dernière lettre, je suis resté un peu vague, exprès, pour la surprise.

Je suis au village à cinq heures du soir. Je fais quelques provisions à l'épicerie, mais plus de cartes au bureau de tabac, tant pis. Le buraliste me dit qu'il en aura l'année prochaine, pour la saison, je ferai sans. Je dois trouver un parking au bord de la route qui monte au col de la Bonnette, prendre le sentier, des mélèzes, une ruine, un chalet puis un autre… Enfin, je verrai bien. Ce qu'elle ne m'a pas dit, c'est que le sentier se divise en deux : un à plat, l'autre qui monte. Je monte et croise deux chasseurs qui descendent un chamois : « Le chalet de Carine, oui, c'est bien par-là. » Ils l'ont vue au troupeau, ce matin : « C'est le chalet d'en haut. » Je sors de la forêt au bout d'une demi-heure.

L'herbe est rase, mais pas de traces fraîches. Le chemin traverse un grand plat de pelouse, remonte sur la gauche. J'entends des sonnailles et aperçois le troupeau en travers sur la droite. J'ai beau regarder, pas de bergère. Elle doit être au chalet.

Je m'inquiète : et si elle était descendue par un autre chemin et que je me retrouve comme un con devant la porte close, avec la nuit qui s'amène ?

Ça ne loupe pas, la porte est fermée à clé. Merde ! Me voilà beau et terriblement déçu ! J'attends un moment, je fais le tour, les brebis sont en train de monter pour aller dormir en crête et aux jumelles, rien d'autre qu'elles. Et tout à coup, entre les mélèzes de l'autre côté j'entends japper un chien. Jazz se met à aboyer aussi. On y voit plus très clair, mais entre les arbres je reconnais cette silhouette fine, encore plus brune qu'au printemps. Au sortir du bois elle m'a vu, elle marche plus vite puis se met à courir en criant. Elle s'arrête à deux pas de moi, met ses mains sur ses joues en continuant à crier. Je ne réponds pas, dans le crépuscule, ses yeux sont mouillés, ses cheveux ont poussé, elle se jette dans mes bras, elle sent bon la lavande. On reste un grand moment enlacés sans pouvoir rien dire, l'un contre l'autre, dans la pénombre, à s'embrasser, se caresser le visage comme si on n'y croyait pas. La fille de Bel Air ! Enfin contre moi, ses petits seins pointus à travers sa chemise, ses jambes autour de ma taille, la chaleur de sa bouche dans mon cou, je voudrais que cet instant dure toujours !

On finit par entrer, je connais le chalet comme ma poche, elle me l'a décrit dix fois, les photos, le poêle, la table, le lit. Elle voudrait me demander si j'ai fait bonne route, comment je vais, mais je ne la laisse pas parler, je la tiens contre moi, je l'embrasse sans arrêt, elle éclate de rire, m'embrasse à son tour, me mord les lèvres, me tire les cheveux, me griffe le dos à travers mon tee-shirt trempé de la marche. Plus de trois mois qu'on attend ça, alors pense un peu ! Je retrouve son regard, ses mimiques et ses incroyables éclats de rire qui m'ont tant manqué depuis le jour de la foire.

Le soleil a marqué sa peau, elle est encore plus belle !

J'arrive enfin à me calmer, la nuit est noire à présent. On ouvre une bière, je m'assois sur le lit, elle se met en face de moi, pieds nus, à califourchon sur une chaise, en débardeur bleu marine comme son jeans, la canette à la main. La lueur des bougies donne des reflets ambrés à ses épaules menues, je sens toujours son odeur de lavande. Elle m'écoute parler, ses yeux plantés dans les miens, elle ne bouge pas. Je raconte calmement ma montagne, les joies, les peurs, les doutes, l'orage, la terreur, le bonheur de ses lettres. Je parle sincèrement sans détour de ce que j'ai ressenti dans les meilleurs et dans les pires moments. Elle s'est roulé une cigarette, l'odeur âcre du tabac emplit peu à peu la pièce, le poêle ronfle, elle m'écoute toujours. Je prends un plaisir immense à la regarder sur sa chaise, face à moi, belle comme une statue de bronze, elle est heureuse de m'écouter. J'ai oublié l'heure et le temps, il doit être tard. Elle se lève, m'invite à me lever aussi, met sa tête au creux de mon cou, puis me dit :

« Depuis le temps, depuis le temps…

Je la serre plus fort contre moi.

— Je te lâcherai plus, c'est fini ! »

Elle prend mon visage entre ses mains, elle sourit.

« Fais-moi l'amour mon berger, fais-moi l'amour ! »

Quand le jour se lève, on n'est toujours pas endormis, on a fait cuire des pâtes vers deux heures, qu'on a mangées dans la casserole, au lit, en jouant avec les fils du gruyère. Mon avidité a trouvé sa gourmandise en écho. De caresse en caresse, elle veut tout faire, tout ressentir. Elle me fait oublier mes expériences jusque-là malheureuses avec des filles furtives d'un soir, mes maladresses de jeune homme. Je découvre avec Carine, un amour sans tabou, voué au plaisir de l'autre avant tout, elle me demande, m'explique, me guide. Mon cœur a battu la chamade toute la nuit, submergé par l'émotion. À huit heures, elle se lève : « Ne bouge pas ! Je reviens. »

Je m'écroule de fatigue et m'endors dans l'odeur chaude de l'amour. Trois heures plus tard, la porte qui s'ouvre me fait sursauter, j'entends des sonnailles, je ne sais plus où je suis. Elle se penche vers moi, juste couverte d'un long tee-shirt blanc, elle vient de faire sa toilette dans la fontaine, pose son corps glacé sur ma peau brûlante, elle sent le jasmin.

« Je te veux encore…

— Mais, et tes brebis ?

— Je leur ai dit que tu étais là, ne t'inquiète pas, on a tous les jours et toutes les nuits, rien que pour nous deux. »

Elle me couche sur le ventre, me mordille le cou et sa bouche descend lentement jusqu'à mes reins.

En fin d'après-midi, on monte voir le troupeau. Maintenant, c'est elle qui parle, je la laisse me raconter sa montagne. Ici, pas de caillasse comme en Savoie, pas de glacier, des cimes qui ne dépassent pas les deux mille cinq, mais d'immenses étendues de pelouses, de rares pierriers et des mélèzes sur les ubacs. « C'est commode quand il fait chaud, elles mangent à l'ombre. » Je m'émerveille à écouter ce petit bout de fille brûlé par le soleil, maîtresse d'un si grand royaume. Un troupeau superbe, des grandes brebis à fière allure qui l'écoutent et lui obéissent, elle sait y faire. Je me moque d'elle en lui demandant où sont les cailloux, les ruisseaux et le torrent, ça la fait éclater de rire dans le soir qui descend. La nuit finit par nous prendre, elle m'entraîne par la main : « On va se coucher ? Demain, on fera l'amour en plein soleil ! »

Les jours passent à ce rythme, un peu de troupeau, beaucoup d'amour. On parle inlassablement de notre métier. On est tous deux conscients de la difficulté, du doute, de ce putain de doute, épouvantable et nécessaire, qui nous bouffe la vie, mais qui nous fait avancer. Notre correspondance nous a permis de passer l'été en éloignant les angoisses et en partageant les souffrances. À deux on supporte mieux cette fin d'estive, on évoque à demi-mot la suite de notre aventure. Elle m'avoue être tombée amoureuse au premier regard, le vingt mai. « J'ai su ce jour-là que c'était toi, c'est pour ça que je t'ai volé ce baiser, j'ai attendu ta première lettre avec les pires angoisses. J'avais perdu l'appétit, je pleurais tous les soirs. Tu m'as manqué dès la première heure, tout le temps, tous les jours et maintenant, tu es là dans ma vie, dans mes bras, dans mon lit. Tu ne t'imagines pas comme je suis heureuse. »

Elle ne me parle pas beaucoup de sa vie d'avant, ses parents sont séparés, son père vers Paris, sa mère dans l'Est. Elle est descendue en Crau par défi, comme le font beaucoup de bergers. Elle s'est prise de passion pour ce monde de nomades, d'hommes rudes, de vies bouffées par l'orgueil. « Tous les deux on fera notre chemin. Seule, j'ai peur de ne pas y arriver. » Je la sens fragile, mais je suis capable de faire route avec elle, pour longtemps, je l'aime tellement.

Je redescends quelques jours avant elle, je dois trouver une autre bagnole, la mienne ne passera pas l'hiver. Carine me retient jusqu'à la dernière minute. Après sa montagne, elle doit rendre visite à sa mère, puis elle reviendra en Crau, pour trouver une place. Je lui promets de parler à Gilbert, au cas où. Je pars un matin dans le brouillard, la mort dans l'âme, je l'ai laissée en larmes, incapable de la consoler :

« Ne pleure pas mon bébé, on se reverra bien vite.

— Oui, mais j'ai tellement peur.

— Mais peur de quoi ? On se retrouve dans dix jours.

— J'ai peur, j'ai peur… »

En partant, j'ai laissé un poème griffonné sur un bout de papier, sous le dessous de plat.

Dans le chalet d'en haut
Il y avait une fille,
La fille de Bel Air
Qui riait aux éclats.
Elle a mis un éclat
Dans mon cœur
La fille de Bel Air.
Éclat de rire
Éclat de quoi ?
Je ne sais pas.
À moins que ce ne soit
Un éclat de bonheur
Qu'elle ait mis
Dans mon cœur
La fille de Bel Air.

Le mas des ormeaux

J'arrive aux Avaus en fin d'après-midi, c'est Magali qui me reçoit : « Gilbert est allé chercher les bessons à Saint-Jean, mais il ne va pas tarder, attendez-le. J'en ai déjà trois cents à la machine, venez, je vous les montre ! »

Chez eux, quand une brebis fait deux agneaux, on lui en laisse qu'un et on met l'autre à la louve, à l'allaitement artificiel, c'est comme ça. Gilbert m'a expliqué que ça réduisait les pertes et que ça faisait durer les brebis une année ou deux de plus. Aux agnelles on ne laisse carrément pas d'agneau, pour pas leur casser la croissance. Elles les gardent un jour ou deux, c'est tout, puis, à la louve. Magali a la charge de ce travail, avec un Marocain qui conduit aussi les tracteurs. Les agneaux sont par lots de cinquante, dans des petits bâtiments exprès, bien propres pour pas chopper des maladies. C'est chauffé, ils vont téter quand ils veulent, la paille est très propre. « Il faut que ça soit impeccable, sinon, ils prennent la diarrhée et c'est foutu, il peut en crever dix par jour. »

Ça me gêne un peu, on est bien loin de la montagne, mais bon, c'est comme ça, je n'ai rien à dire. Gilbert arrive avec une pleine camionnette, j'aide à décharger, ça bêle à tout va. Magali lui dit en souriant :

« Tu trouves pas qu'il a meilleure mine qu'au mois d'août ?

— Si, j'allais le dire.

Je sens venir la connerie.

— C'est que Carine a bien dû s'occuper de lui ! »

Et voilà, c'est parti, elle sourit comme une baleine. Je suis content de les retrouver, ces deux-là, j'oublie un peu ma tristesse pour la soirée, je mange avec eux, on parle travail. Je demande des nouvelles des bêtes abîmées par les chiens, trois ne s'en sont pas remises, les autres, oui. Gilbert m'explique :

« C'est comme ça quand on garde autour des stations, les gens ont des chiens, les lâchent et sont incapables de les ramasser. Ils vont faire une connerie et si tu les chopes pas, les assurances ne veulent rien savoir et va-t'en attraper un chien qui te connaît pas, et qui vient de faire des dégâts ! La solution c'est de leur foutre un coup de fusil, et de lire la médaille ou le tatouage une fois mort.

— Mais c'est pas défendu ça ?

— Non, non, les gendarmes me l'ont dit à l'Alpe, on est dans notre droit, c'est la divagation qui est interdite. »

Gilbert est incollable sur le métier. Remarquable technicien, il conjugue le savoir-faire ancestral transmis par son père avec les technologies les plus innovantes, discuter et travailler avec lui est un vrai régal, j'apprends chaque jour de nouvelles choses. Je lui parle de ma bagnole, il en parlera à son ami garagiste d'Arles qui devrait m'arranger quelque chose. J'ose parler de Carine :

« Elle est partie quelques jours dans sa famille, mais à son retour, il lui faudra du travail, alors si vous saviez une place…

— Moi, pour le moment, j'ai assez de bergers, mais je vais en parler à d'autres et je te dirai. »

Il m'apporte deux camions-remorques de brebis prêtes à agneler le douze octobre au mas des Ormeaux (c'est le mas où j'étais au printemps), j'ai juste le temps d'installer ma bergerie et ça commence à tomber. Vingt, puis quarante et au plus dur quatre-vingts par jour. Ça décoiffe un peu, je passe les nuits complètes, pas le choix. Le pello vient tous les jours, ou Dédé, pour ramasser les bessons et s'assurer que tout va bien. Je suis fatigué, mais je me passionne pour mon travail. Je n'ai pas de nouvelles de Carine, je commence à m'inquiéter et me réfugie dans le troupeau pour oublier les vilaines pensées. J'ai commencé à sortir les agnelées, les ribambelles d'agneaux blancs cavalent dans les prés et s'endorment au soleil, Jazz est plus excité que jamais !

En trois semaines l'agnelage est bouclé, j'arrive à faire quelques bonnes nuits, mais très vite le manque de Carine se fait sentir et j'ai l'impression qu'une sale bête noire est venue se nicher dans mon ventre et chaque fois que j'y pense, la bestiole se met à bouger. Gilbert débarque un après-midi, je garde devant le mas :

« Il faut que tu ailles au garage, il t'a trouvé une petite camionnette au poil et pas trop chère. Si tu n'as pas assez, je peux t'avancer un peu d'argent ?

— Non, ça devrait aller, merci.

— Tu as des nouvelles de Carine ? Parce que Lambert à Raphèle cherche quelqu'un pour l'hiver.

La bête de mon ventre se met à bouger.

— Non, j'ai plus de nouvelles.

— Plus rien ? Vous vous êtes disputés ?

— Mais non, quand je suis parti de Saint-Étienne, c'était convenu qu'elle passait une semaine chez sa mère et qu'elle me rejoignait ici, mais plus rien, pas une lettre, rien. Ça me rend malade, on était tellement bien là-haut.

— Ne t'en fais pas trop quand même, elle va revenir. »

Je vois bien qu'il dit ça pour me faire plaisir, il est peiné pour moi. J'ai acheté la bagnole sans discuter le prix, je n'y avais pas le goût, elle fera l'affaire, j'ai laissé la vieille au garagiste.

Je pense tout à coup à la chienne qu'elle avait réservée à René, peut-être me dira-t-il quelque chose ? J'y fais un saut le lendemain, je le trouve dans la bergerie, l'agnelage est terminé ici aussi :

« Alors ce Jazz, il convient, ou pas ?

— Il est du tonnerre, il me surprend tous les jours !

— Si tu m'avais dit le contraire, je t'aurais pas cru une seconde. Remarque qu'un mauvais chien dans une portée, ça peut arriver, mais les parents sont des champions.

— Vous avez toujours la chienne que vous a réservée Carine ?

— Justement, je voulais t'en parler, Gilbert m'a dit que vous étiez ensemble ? »

La bête noire me mord à nouveau, il le voit :

« J'ai dit quelque chose qui fallait pas ? »

Je lui explique la situation. Carine a versé des arrhes au printemps, il est bien emmerdé, mais il ne sait rien de plus. Je le décide à me vendre la chienne, je pars avec elle, j'aurais le temps de la dresser cet hiver et j'aurais un peu d'elle avec moi. Je passe au Merle au retour, je vois le directeur avec qui je m'entends bien, lui non plus n'a rien pour moi. J'insiste. Il finit par me donner l'adresse du père de Carine, mais sans garantie. J'écris le soir même.

Les jours passent, je me raccroche à ce petit espoir, mais ma lettre me revient avec la mention : « N'habite plus à l'adresse indiquée. »

À partir, de là, je descends en enfer, mes nuits sont des cauchemars permanents, je n'ai plus de goût pour manger, mes rares amis bergers n'osent plus venir, Gilbert ne m'en parle plus non plus et je passe mes nuits dans la bergerie à ressasser les mêmes litanies, à revivre nos derniers instants. Qu'ai-je pu faire, qu'ai-je pu dire ? Ce poème, écrit en hâte le dernier jour a-t-il pu la blesser ? Mais pourquoi ? J'aurais dû lui demander l'adresse de sa mère, si j'avais su ! Je n'ai rien ni personne à qui me raccrocher.

Magali, prétextant une fiche de paye ou je ne sais quoi passe me voir un après-midi. Elle finit par me dire :

« On s'inquiète pour vous. Vous avez une mine épouvantable, Gilbert dit que vous faites du bon travail, mais il faudrait que vous retrouviez le moral, vous allez finir par tomber malade, si c'est pas déjà fait. Sortez un peu, allez voir des amis, oubliez cette Carine, après tout, ce qu'elle a fait n'est pas bien joli.

— Non, je crois pas possible qu'elle m'ait largué comme ça, il s'est passé quelque chose, je peux pas y croire, elle m'aimait à la folie, on était si bien. »

Je finis par me mettre à pleurer comme un petit. Elle me prend dans ses bras : « Allez ! Allez ! C'est pas permis de se mettre dans des états pareils. » Mais ses yeux sont rouges aussi.

Je relis inlassablement ses lettres, y cherche un élément, un indice, une explication, mais j'en reviens à nos instants de bonheur. Les jours de mistral, j'arrive à m'endormir dans les fossés, à l'abri, bien au soleil, les deux chiens contre moi. J'ai baptisé sa chienne « Hope », on ne sait jamais. Au fil des semaines, il n'y a plus qu'à eux que je parle. Noël passe, janvier aussi. Au début février, Gilbert vient un matin, il fait un mistral terrible, un froid de canard. On boit le café :

« J'ai un service à te demander : on va descendre ton troupeau aux Avaus, pour engraisser les agneaux ça sera mieux commode.

— Et ici, alors ?

— Justement, j'y viens, mais ne t'énerve pas ! Putain, en ce moment, t'es à prendre avec des pincettes, depuis cette fille, pardon ! »

Je m'excuse, je ne me rends même pas compte de ce que je suis devenu, un sale bouc acariâtre qui ne veut plus voir ni entendre personne, une vraie saloperie qui en veut au monde entier.

Gilbert reprend :

« Ici les prés sont finis et à part le petit morceau de *massugues*[29], y a rien d'autre pour le moment alors voilà : un ami de mon père tient un petit mas, pas bien loin d'ici, le mas de la Jasse, pas très grand, mais c'est un gros soigneur et le troupeau est bon. Ce type, il est malade, il souffre d'une jambe, repousse l'opération depuis des lustres et il ne pourra pas faire agneler, tu vois où je veux en venir ?

— Je crois, oui.

— Bon, je continue. Il s'appelle Jean et sa femme Emma, tu auras un peu de cabane contre la bergerie, mais tu mangeras avec eux, la compagnie ne te fera pas de mal. Pour la paye tu verras avec lui, mais il n'est pas chien, je te promets. Tu fais agneler, disons un petit mois et entre temps les orges d'ici auront poussé et je te ferai agneler encore un petit rai en mars, après tu feras manger les luzernes.

— Tu es bon en bergerie, je sais que ça te plaît. Je dois rendre ce service à cet homme, il a longtemps été en affaires avec mon pauvre père, alors je te le demande comme un service. Je ne le demanderai pas à n'importe qui. Si tu acceptes, je ne l'oublierai pas. Je lui ai parlé de tes ennuis, c'est mieux comme ça. »

Je repense aux paroles d'Albert : « Seul tu n'es rien, à plusieurs on tient mieux le coup. »

---

[29] *Massugues* : cystes cotonneux.

Emma et Jean

Pour arriver à la Jasse, il faut se taper un kilomètre de chemin épouvantable, ça ne m'encourage pas. Jazz et Hope me font coucou à travers la grille de la camionnette pour me faire comprendre que ça secoue trop. Autour du mas, c'est un gros bordel de machines agricoles hors d'usage, de tas de paille pourrie. Des poules, un âne qui tire sur une longe, et deux bâtards noirs qui me font l'accueil, aussi vieux l'un que l'autre. Une femme sort, la soixantaine, les cheveux blancs tirés en arrière sur un petit chignon, elle s'essuie les mains à son tablier.

« Bonjour, je suis le berger de Gilbert.

— Oui, oui, mon mari ne va pas tarder, il sait que vous passez ce matin. »

Elle a une jolie figure, un peu triste. Quand elle sourit, ça fait du bien à l'ensemble. Elle me juge, à l'affût de mon peu de paroles. Le *pello* arrive au volant d'une 4 L à l'agonie, il tire la jambe.

« Bientôt, il pourra plus marcher ! soupire Emma avant qu'il ne soit trop près.

— Salut jeune !

— C'est le berger de Gilbert.

— Je me doute bien ! »

Il a les cheveux tous blancs et une grosse moustache pareille. Il demande à sa femme :

« Tu as mis de l'eau aux agnelles ?

— Oui. »

Puis à moi :

— Alors c'est toi qui vas nous agneler ?

— Gilbert me l'a demandé.

— Mon pauvre, nous on est cuits. J'arrive plus à marcher et la femme, elle fatigue. Seuls, on pourra pas, les nuits, tout ça, on peut plus. C'est la dernière fois. Quand les agneaux seront gaillards, on vendra tout. *Es couma aquo*[30] ! »

Ils sont originaires du Var, du côté de Fayence où ils se retireront dans une maison de famille. Le troupeau est propre, les brebis un peu moins grosses que les miennes, mais bien régulières.

« Ça va démarrer le dix. Pour bien faire, il faudrait que tu sois là quatre ou cinq jours avant, pour préparer.

— Mon troupeau doit descendre aux Avaus dans quelques jours, je viens de suite après. » Emma me demande :

— Peut-être vous voudrez vous reposer un peu avant de venir ?

J'ai compris. Au plus vite je serai là, au mieux ce sera. Le vieux doit être insupportable. Pas question pour moi de rester sans rien faire, avec le merdier que j'ai dans le crâne, mais je ne sais pas si je vais me plaire ici, je m'en fous. Là ou ailleurs... Ils me logent dans une pièce accolée à la bergerie. Une fenêtre, un petit poêle, une table, un lit, une douche crasseuse.

La patronne s'excuse : « Je donnerai un petit coup de propre, s'il faut. »

En voyant mes deux chiens dans la bagnole, Jean me demande :

« Ce sont des Anglais ?

---

[30] *Es couma aquo !* – C'est comme ça ! (provençal).

— Oui, des *Border*[31].

— Alors, ces bâtards d'anglais, non seulement ils nous font baisser les cours avec leurs agneaux de merde et en plus ils nous envoient leurs chiens. Tu crois pas que non ? »

Il rigole, content de sa connerie. Pour la paye, on tombe vite d'accord : quatre mille, plus les repas, je mange chez eux. Rien à dire. En me serrant la main, il me dit :

« T'es guère bavard, on dirait ? »

Avant que je réponde, Emma intervient :

« Il vaut mieux ça qu'un qui parle trop ! »

Je reprends le chemin pourri et rentre aux Ormeaux, les luzernes sont déjà bien vertes, les orges bien sorties. Dans les prés raclés par les brebis, des aigrettes déambulent sur leurs grandes cannes, un choucas charrie de la terre pour faire son nid.

L'hiver est fini, l'arrivée du printemps ne me fait pas l'effet habituel. J'ai toujours cette immonde bête noire qui me mord le ventre, je crois que je ne dormirai plus jamais. Dès que je ferme les yeux, je vois Carine, belle, divine, parfumée, qui me sourit. J'aimerais ne jamais l'avoir connue, l'effacer, la sortir de moi, ça me met en colère, mais il y a cette petite lueur faible, pâle, qui me donne le courage d'exister.

La veille du départ, je ramasse mes affaires, ça me fait passer un bout de la nuit. Vers deux heures je sors, le temps est clair, les étoiles tiennent tout le ciel, presque une nuit de montagne. J'allume une cigarette et reste à fumer dans le noir. Je me souviens de ces nuits passées au chalet d'en haut, on sortait après l'amour, on restait là, à fumer sous les étoiles, sans rien dire. Elle se collait contre mon dos, les mains sur mon ventre brûlant : « Viens, on rentre, j'ai pas chaud. » La bestiole se remet à bouger.

---

[31] *Border* : border collie.

Dormir, je ne peux pas. Dans quatre heures, le jour va sortir. J'ouvre doucement la porte de la bergerie, tout le monde est couché.

La lumière a décidé une brebis à venir boire, son agneau vient la téter, elle pompe quelques goulées dans l'abreuvoir et me regarde, une goutte d'eau coule de son menton. Elles ne sont plus surprises de me voir débarquer en pleine nuit, j'éteins et je sors.

Le chargement terminé, Gilbert entre dans la cabane pour régler les comptes, il me souhaite bon courage pour l'agnelage chez Jean : « Tu auras vite fait, dans un mois, tu es à nouveau ici. Depuis que tu es chez moi, tu as fait du bon boulot, j'espère que tu t'en iras pas. Tu remonteras en Savoie l'été prochain ? » La bête noire me mord à pleine gueule, j'ai mal à hurler, la montagne sans ses lettres, je n'arrive pas à l'imaginer, il se rend compte de ma détresse. « On a le temps, on en reparlera. » Je n'ai jamais aimé partir ou voir partir les autres, je regarde le camion tourner au bout du chemin. Je vais charger la bagnole et les chiens et vite rejoindre Jean et Emma.

Mon arrivée a ragaillardi Jean, on dirait que sa jambe le fait moins souffrir depuis que je suis là. On passe du temps ensemble à préparer la bergerie, il m'explique tout comme s'il allait partir le lendemain, le foin, la paille, les claies, l'eau. Il dit une phrase sur deux en provençal et il reste assis le jour où je lui réponds, moi aussi en provençal :

« Qui t'a appris ?

— *Ma grand maire*[32] *!*

— *Aco's verai*[33] *?*

— *Vo, verai*[34] *!*

— *Aco, per exemple*[35] *!* »

---

[32] *Ma grand maire !* – Ma grand-mère !

[33] *Aco's verai ?* – C'est vrai ?

[34] *Vo, verai !* – Oui, c'est vrai !

[35] *Aco, per exemple !* – Ça par exemple !

Ça nous rapproche, il essaie de me coller sur un mot technique ou ancien et jubile quand il y arrive. La patronne est plus détendue, elle a souvent son beau sourire. L'après-midi, elle vient me chercher pour une tasse de café. Les agnelles sont dans un petit bout de bergerie derrière un bois de chênes verts, elle va s'en occuper matin et soir sur un vieux vélo. Je propose de le faire à sa place, et me voilà sur ce vieux clou, à pédaler contre le mistral, avec mes deux chiens qui me suivent en jappant. Jean me voit partir : « Vas-y Poupou ! »

Je me mets dans l'idée de laver les ampoules de la bergerie, noires de chiures de mouches ;

« Tu n'y vois pas clair ?

— Ça doit faire dix ans que vous l'avez pas fait !

— *Oh, emai-mai*[36] ! »

Une fois fait, il me dit : « On se croirait dans une pharmacie ! »

On est prêt. Les brebis, grosses de tout leur ventre, ont du mal à se traîner. Je me fais à l'endroit. Si le tour du mas était mieux tenu, ça mettrait en valeur la maison et le gros platane qui est devant. Gilbert avait raison, la compagnie me fait du bien, je n'oublie pas, je cafarde un peu moins. J'ai retrouvé, au fond d'une de mes malles « L'iris de Suze » de Giono, le personnage de Tringlot me plaît beaucoup.

L'agnelage démarre, il faut consacrer plus de temps ici qu'aux Ormeaux, la bergerie est plus petite et les bessons restent sous leurs mères, je suis là pour ça, Jean me laisse faire à mon idée. Mes insomnies me permettent d'être au troupeau jour et nuit. Vers cinq heures, ce n'est pas rare que je voie arriver Emma, une tasse à la main. Une jolie tasse, avec des ornements dorés, et la soucoupe :

« Vous n'avez pas dormi ?

---

[36] *Oh, emai-mai !* – Oh, et même plus !

— Une heure hier au soir.

— C'est pas beaucoup !

— Plus, je peux pas. »

Ils ne me parlent jamais de Carine, je sais qu'ils savent, et ils savent que je sais, mais par pudeur, ils n'en parlent pas et les regards d'Emma en disent long.

Le vingt-quatre février, on a presque fini, je suis en train de marquer des bessons dans le fond de la bergerie, quand Jean m'appelle : « *N'i'a quaucun pèr tu*[37] ! » Avec les agneaux qui bêlent leurs mères, je n'entends pas, il me redit quelque chose en français, et il me semble entendre « Carine ». Ce n'est pas la première fois que j'ai ce genre d'hallucination. Un jour, au marché d'Arles, j'ai cru la voir dans la foule, j'ai pressé le pas, j'ai même bousculé une gitane qui vendait des citrons, mais ce n'était pas elle. Je pose mes numéros et m'avance vers lui et j'entends clairement cette fois :

« C'est le père de Carine.

— Tu es sûr ? »

Je ne l'avais jamais tutoyé.

En sortant de la bergerie je vois un homme d'une cinquantaine d'années, bien habillé, à côté d'une belle bagnole, il vient vers moi, me tend la main, mon dos se glace : « Bonjour monsieur, je suis Roland, le père de Carine. » Je suis incapable de sortir un mot, avec mes fringues pleines de peinture, probablement de la paille ou du foin dans les cheveux, je dois ressembler à un gueux qui s'adresse à son monarque.

J'arrive à l'inviter à entrer dans mon cabanon.

C'est un bordel innommable à l'intérieur, je dégage en hâte deux chaises et la table, je tiens plus sur mes jambes. Il s'assoit et me rassure d'emblée, probablement inquiet de voir ma tête : « Ne vous inquiétez pas, elle va bien. »

---

[37] *N'l'a quaucun pèr tu !* – Il y a quelqu'un pour toi !

J'ai envie de rire, de pleurer, de l'embrasser, de sortir pour gueuler, mais je ne bouge pas d'un pouce, figé par je ne sais quoi. Je me souviens à cet instant de cette pierre que j'ai vu, prise dans la glace le jour où je suis monté au glacier, comme elle, emprisonné, je suis incapable de bouger, il prend la parole.

Quand Carine est arrivée chez sa mère, elle était morte sur le canapé, d'une hémorragie cérébrale, d'après l'autopsie. La pauvre fille est restée prostrée et la femme de ménage l'a trouvée deux jours plus tard, comme dans le coma, assise par terre avec le cadavre à côté. La police a quand même enquêté et les docteurs ont conclu à un genre de choc émotionnel, enfin, ils ne savent pas trop. Elle est restée deux mois dans le coma, à l'hôpital de Strasbourg et ils ont fini par l'amener en région parisienne. De grands spécialistes se sont penchés sur son cas sans trouver d'explication. Et le vingt janvier, sans que personne ne sache pourquoi, elle est sortie du coma, bien affaiblie, mais avec tous ses souvenirs.

« Elle m'a parlé de vous le premier jour et par crainte de récidive, les toubibs l'ont remise sous sédatifs.

— Et maintenant ?

— Eh bien, c'est ce qui justifie ma présence ici. Elle est parfaitement guérie, elle a tenté de fuguer la semaine dernière pour venir vous rejoindre, les médecins ont donné leur accord après une batterie d'examens et elle pourrait arriver dans quelques jours. Je voulais m'assurer que vous soyez d'accord pour la recevoir, bien entendu, avant de la laisser partir. »

Je me dis que je devrais m'effondrer en larmes, mais je reste d'un calme olympien.

« Je l'attends depuis le mois d'octobre, monsieur, alors je suis largement prêt à l'accueillir, vous savez !

— Mais, vous vivez ici ? » Il se fait du souci pour sa fille, je le rassure :

« Seulement pour quelques jours encore, puis je retourne au mas des Ormeaux, chez mon patron. Là-bas, la cabane est plus confortable, un peu comme le chalet que Carine avait en montagne, dans la Tinée.

— Oui, je vois, je suis allé la voir l'été dernier. Je dois vous dire que les médecins m'ont conseillé de ne pas lui faire revivre ce genre de solitude prolongé par précaution, il se peut qu'il y ait un lien.

— Mais elle pourra remonter en montagne ?

— Oui, mais pas seule. »

On est restés à parler jusqu'à tard, il a pris le numéro de téléphone de la Jasse, pour me prévenir, elle arrivera par le train à Avignon ou Salon. Jean a fini le travail à ma place, Emma est remontée sur le vieux vélo, je crois qu'ils sont plus heureux que moi. Le soir, à table, je parle comme jamais, je leur raconte ma montagne, celle de Carine. Je passe la nuit dans la bergerie, sans pouvoir dormir, pas pour les mêmes raisons.

Je suis aux Avaus le lendemain soir, je dois annoncer la nouvelle à Gilbert et Magali, mais Emma leur a téléphoné le matin. Quand j'arrive, ils sont à table. « Tu as mangé ? » Avant que je réponde, Magali m'a mis une assiette, Gilbert me fait en souriant : « Il paraît que tu t'es remis à parler ? On est bien contents que Carine soit guérie, et toi aussi, du coup ! »

Je mange de bon cœur, ça plaît à Magali. Quand je pars, Gilbert est au téléphone, il discute du prix de la poudre de lait, il me fait signe de la main et dit à sa femme : « Raccompagne-le ! » Elle vient avec moi jusqu'à la voiture et au moment de me dire au revoir, elle pose la main sur mon bras : « Elle a eu bien du malheur cette petite, et vous aussi, alors il faudra la rendre très heureuse, et tout ira bien. Il faut lui faire un petit ! Rien ne rend une femme plus heureuse que d'avoir un petit. » Elle m'embrasse avec son sourire triste et s'en va : « Et sans réfléchir ! »

Carine est arrivée à Salon le premier mars. On est restés enlacés sur le quai de la gare, je ne sais pas combien de temps, mais sans pleurer, sans bouger, pour être sûrs qu'on était bien là, tous les deux, ensemble. Les gens nous passaient autour en souriant, je l'ai amenée aux Ormeaux, on a parlé une partie de la nuit, puis on s'est endormis comme des enfants.

Le printemps

Le printemps est arrivé avec elle. La Crau n'est que verdure, des peupliers aux aubépines, des orges aux luzernes, la vie déborde des fossés. Les oiseaux sont à la fête, bâtissent sans relâche, chassent, transportent, se battent pour nourrir leur progéniture. Carine est émerveillée par les choucas qui nichent dans le platane devant le mas, leur œil rond et leur cagoule grise.

On passe tout notre temps ensemble, on partage le travail, Gilbert ne nous a pas laissé beaucoup de répit, les premiers agneaux tombent le sept mars, on a juste quatre cents pleines, ce sera vite fait. C'est mon troisième agnelage depuis octobre. Mes gestes sont plus sûrs, je cherche la perfection, Gilbert ne pose pas la moindre question, il charge les bessons et disparaît, juste un petit bonjour à Carine, et à moi un geste de la main au fond de la bergerie : « Je reviens mercredi ! » Elle, elle n'a pas son pareil pour les agneaux délicats, les petits un peu faibles qui ont du mal à téter, je l'appelle quand je perds patience : « Laisse-moi, faire, t'es qu'un gros bourrin ! » Je laisse la place, non sans avoir claqué son petit cul (pour le gros bourrin) et dix minutes après l'agneau est plein comme un œuf et s'endort en rêvant.

Le monde des bergers et des éleveurs de Crau est petit, les gens se connaissent, les choses se savent très vite, notre histoire force le respect. Un jour la boulangère me demande avec un grand sourire : « Tout se passe bien aux Ormeaux ? » Elle aussi est au courant. On nous appelle les inséparables, une idée de Gilbert : « On devrait rebaptiser le mas, j'ai jamais vu un seul ormeau ici, alors ce serait mieux de dire "Le mas des Inséparables !" » Il est content de sa belle connerie et comme d'habitude dans ces cas-là, il se caresse le menton !

On mange régulièrement avec Emma et Jean, chez eux ou chez nous, Carine cuisine comme personne, avec des épices, des trucs que je ne connaissais pas, Jean est impressionné : « *Aco's bon, sabes* ![38] »

Ils nous annoncent un soir qu'ils ont quelqu'un de sérieux pour reprendre le mas et le troupeau, l'air soulagé : « C'est pas facile de tout lâcher au bout de trente-cinq ans, mais les brebis vont rester là, on préfère ça que de voir le troupeau escagassé par ces putains de maquignons. » Jean s'est enfin décidé à s'occuper de sa jambe, il sera opéré dans l'été. Emma a le bonheur discret et envoie des œillades complices à Carine quand l'un des deux hommes dit une grosse bêtise d'orgueil.

Mars et avril passent comme une fête, le troupeau est dans les luzernes. Pour la première fois, on garde en filets électriques, Gilbert ne m'a pas laissé le choix : « Vous aurez moins de chances de les *gonfler*[39] et elles doivent s'y habituer, bientôt, on travaillera que comme ça »

Hope est devenue une belle chienne, jalouse de Jazz comme ce n'est pas permis, on passe beaucoup de temps à la faire travailler, Carine s'énerve parfois :

« Elle est têtue !

— C'est toi la têtue ! »

Elle ramasse un caillou et me l'envoie dessus :

« Occupe-toi de tes affaires, c'est MA chienne.

— Oui, mais qui l'a achetée ?

— Sale con ! »

---

[38] *Aco's bon, sabes* ! – C'est bon ça, tu sais !
[39] *Gonfler* : météoriser.

Je la prends dans mes bras, la soulève, elle met ses jambes autour de ma taille : « tu es mon sale con préféré ! »

Magali vient de temps en temps passer l'après-midi, je les laisse tranquilles entre femmes, je surprends des fous rires complices. D'autres fois, Carine va aux Avaus, elles s'entendent bien, j'en suis ravi.

Au début mai, il fait déjà un peu chaud, le troupeau sort deux fois par jour, rentre en bergerie sur les midi et ressort vers trois heures, jusqu'au soir. À peine on a fini de manger que Magali et Gilbert débarquent, sans prévenir.

« Rien de grave ?

— Non, rassure-toi, mais on doit vous parler, vous alliez peut-être faire la sieste ?

— On la fera mieux ce soir !

— Jean et Emma vous ont peut-être dit qu'ils avaient des clients pour La Jasse ?

— Oui, il y a quelque temps déjà.

— Eh bien, les clients, c'était nous. On a signé hier chez le notaire. »

Gilbert est un type magnifiquement organisé. Depuis des années, il lorgnait sur ce mas. Patiemment, il a attendu que ce soit bon. Jean et son père étaient proches, ça lui donnait un sérieux avantage sur d'éventuels concurrents. Habilement, il m'a envoyé là-bas en février, posant par mon intermédiaire un premier pied. Ensuite, l'arrivée de Carine, notre proximité avec le couple a facilité la partie. Il a même fait mieux et c'est pour ça qu'ils sont là tous les deux, il leur a promis que c'est nous qui irions y travailler !

« La Jasse c'est pas immense, vous y ferez un joli travail, on en est sûrs.

— Mais vous pourrez nous embaucher tous les deux ?

— Dans la bergerie de derrière où il mettait ses agnelles, on fera un atelier d'allaitement. Aux Avaus, on est un peu juste en place et ici il faudra deux personnes. Pour le reste on fera tourner les troupeaux comme on l'a toujours fait, suivant les années, le travail.

— Et pour la montagne ?

— Comme vous voulez. On aimerait bien que vous remontiez en Savoie, mais avec une seule paye, en sachant que Carine pourrait redescendre un peu plus tôt pour commencer aux louves, aux Avaus ou à la Jasse. »

Ils ont tout calculé et nous font une proposition carrée, limpide, réfléchie : « Qu'est-ce que vous en dites ?

— C'est intéressant, mais… Carine m'interrompt.

— Comment ça "mais" ! Pourquoi tu dis "mais" ? Tu rigoles ou quoi ! On trouvera rien de pareil dans toute la Crau, être embauchés tous les deux dans la même maison et dans le même mas, c'est inespéré, alors oui ! On est d'accord sur tout, Magali me fera voir pour les louves et je le ferai ! Et puis la maison de La Jasse, elle est grande, ça sera mieux qu'une cabane ! »

Je suis resté comme un con, je n'avais plus rien à dire, quand je pense que je la trouvais timide ! Elle rajoute, en s'adressant à Gilbert :

« Dans la maison, vous ferez bien quelques travaux ? »

À lui de se trouver con, elle l'a retourné comme une crêpe.

« On doit pouvoir le faire », coupe Magali. On se regarde avec Gilbert. Ce que femme veut… Il reprend la parole : « La première chose, c'est de virer tout le bordel qui est devant. Je ferai venir les ferrailleurs, puis j'y mettrai deux hommes cet été pour la paille pourrie, les palettes et tout le fourbi qu'il a ramassé pendant des années. »

Le vingt mai, on est à Bel Air, comme l'an passé, enfin presque. Gilbert nous appelle : « Hé, les inséparables ! » Le cercle rigole, on reste un peu plus, il n'avait rien de particulier à nous dire, mais il nous a fait entrer, on symbolise sa réussite, je m'en rends bien compte, mais je m'en fous. On a du travail tous les deux, ensemble, elle est contre moi jour et nuit, elle est incroyablement belle sous ce soleil de mai, le mistral bataille ses cheveux, les hommes se retournent sur son passage, j'en suis fier, tellement fier. Quand on repart, elle m'arrête, me plaque contre une bagnole et m'embrasse à pleine bouche : « Celui-là, je te l'ai pas volé ! »

Cette année on ne part pour la Savoie que le dix juin. Albert a prévenu qu'il a fait froid et que l'herbe a du retard. On descend garder quelques jours aux Avaus dans les *massugues*, ce n'est pas très compliqué, on charge de là-bas un matin comparable à l'année dernière, sauf que dans ma bagnole, on est deux, plus deux chiens. On décharge sous une chaleur à crever : « On va les tenir un peu avant de monter, sinon, on va en laisser tout le long. » Gilbert ne monte pas, il doit faire un voyage le lendemain, il a convaincu Albert de venir aider, avec un petit neveu. En nous voyant, le vieux savoyard nous fait : « Alors, pas de courrier cette année ? » en rigolant. On mange un morceau à l'ombre, avant que Gilbert ne remonte dans son camion : « Amusez-vous bien, on viendra pour le quinze août ! »

Carine est patraque, elle me dit que le trajet en bagnole l'a barbouillée, à peine si elle grignote.

Albert n'a pas voulu passer devant : « C'est toi le patron ! »

Et je me retrouve à la place d'honneur, à jouer du fouet, les colliers des meneuses dans les mollets, je vais doucement, surtout ne pas couper *le rai*. À peu près à mi-chemin de la montée, je vois le petit neveu qui remonte le troupeau, affolant les bêtes sur son passage. « Qu'est-ce que tu fous ? Tu devais rester derrière avec les autres, tu vas les couper ! » Le pauvre gamin est tout emmerdé : « C'est Albert qui m'envoie, Carine est malade, vous devez descendre, elle a vomi ! » Et merde ! Je vais devoir laisser la tête à ce môme qui n'a jamais vu une brebis, ça commence bien, si Gilbert apprend ça, je vais me faire souffler dans les bronches. Je fais quelques mètres avec lui, pour lui montrer l'allure : « Surtout ne va pas trop vite, retiens-les ! » Et je descends à contre sens, en serrant le bord et en essayant de ne pas tomber sur les pierres rendues glissantes par la merde. J'arrive enfin à Albert, qui monte pépère avec les ânes.

« Où elle est ?

— Elle suit, tu vas la trouver ! Ne t'inquiète pas, gamin, c'est pas bien grave ! » Les vieux comprennent tout.

C'est là que j'ai réalisé. Dans mon gros orgueil de mâle, fier de monter, fier de marcher devant, fier de me prendre pour quelqu'un, je l'ai négligée, oubliée quelques instants, je m'en veux à mort.

Je l'aperçois enfin, blanche comme un linge, elle me sourit.

« Qu'est-ce que tu as ?

— Tu devines pas ? »

Je la prends dans mes bras :

« Si, j'ai deviné ! Mais dis-le-moi, juste pour le bonheur de l'entendre ! »

Elle renifle : « J'attends un bébé ! »

À ce moment-là, sous le grand platane qui est devant la Jasse, j'ai vu une balançoire.

Grand'Combe

Il avait plu. Non pas une pluie tiède de printemps, comme ça aurait dû, mais une petite pluie aigrelette avec des airs de Toussaint. Sur le travers d'en face, au flanc du Giraud, les pins noirs tentaient de retenir de leurs branches rachitiques, de longues écharpes de brume malmenées par une Lombarde assassine. Au détour d'un virage, Bertrand arrêta la voiture et sortit pour allumer une cigarette. La vallée lui apparut tout entière. Il apercevait la ferme en contrebas. Malgré les prés verts, l'atmosphère était hivernale, ses doigts avaient du mal à serrer le tabac. Il éprouva un sentiment étrange qui mêlait de la saison et sa présence ici à ce moment si particulier. Son appel l'avait surpris : « Viens quand même, on trouvera bien un moment et un endroit douillet. »

Il tira une dernière bouffée sur son mégot, souffla la fumée entre ses doigts gourds et remonta dans la voiture. Le chemin descendait sans faire de manières en deux ou trois lacets puis débouchait brutalement dans la cour encombrée de bagnoles de toutes sortes et de gens qui allaient et venaient. Il avait connu les lieux plus calmes aux heures où seul le travail comptait, les bergeries pleines d'agneaux, le foin qu'on trimballait d'un hangar à l'autre, les chiens qui gueulaient en tirant sur leurs chaînes. À cette époque il la remarquait à peine, elle, la fille du patron, lui un des bergers. Il était de dix ans son aîné, aujourd'hui ils étaient amants et elle mariait sa fille.

Elle voulait qu'il soit là non pas pour la noce, car elle le savait peu enclin à ce genre de choses, mais pour l'avoir un peu dans la journée, à elle. Son mari depuis longtemps ne comptait plus, toujours à courir, peu soucieux de sa famille et de sa ferme. C'est elle qui tenait les rênes. Il n'avait plus grand-chose à faire ici, mais il réapparaissait de temps en temps et c'est lui qui vint l'accueillir. Ils échangèrent des banalités, des politesses de gens qui ne s'apprécient guère. Il le trouva minable, égal à lui-même, sans tenue, avec cette gueule qui semblait toujours sortir d'une cuite. Ils firent quelques pas dans la cour et enfin, par la porte de côté, elle sortit et vint vers eux. Avant d'arriver à leur hauteur, elle se retourna pour donner encore un ordre à une gamine qui poireautait devant la porte « Ils me rendront folle, entre tous ! »

Elle l'embrassa poliment, puis se tourna vers son mari : « Michel a téléphoné, il t'attend depuis une heure pour finir de préparer la salle. » L'autre grommela une plainte inaudible, tourna les talons et monta dans un C15 pourri jusqu'à l'os. Quand la voiture eut disparu, soulagée, elle fit un large sourire à son amant : « Viens ! J'ai quelque chose à te montrer. » Elle l'entraîna vers l'ancienne bergerie, qui ne servait plus que pour les béliers depuis qu'un bâtiment moderne avait été construit derrière. Les animaux, surpris de les voir entrer, cessèrent de ruminer, reconnurent leur patronne et se calmèrent. Elle mit ses bras autour de son cou et l'embrassa à pleine bouche. Tout son corps avait envie de cet homme, qu'elle savait à elle pour peu de temps, au milieu de la noce qui arrivait. Au fond de la bergerie, une porte en haut de trois marches amenait à un débarras. Elle le fit attendre un instant, le doigt sur la bouche, puis l'appela. Ils traversèrent la cuisine étonnamment déserte. Derrière une porte on entendait parler des femmes occupées aux préparatifs. Ils prirent l'escalier qui montait aux chambres, filèrent au fond du couloir et entrèrent dans une toute petite pièce, d'où, d'un bric-à-brac hétéroclite, elle sortit un matelas en laine qu'elle étendit sur le sol. Ils se déshabillèrent en hâte et sans qu'il n'ait le temps de dire un mot, elle s'allongea sur lui. Elle lui parla doucement à l'oreille, alors qu'elle le mettait en elle, puis sa respiration devint plus courte, les mouvements de son bassin plus puissants. Elle se raidit enfin de tout son corps, alors qu'il l'inondait de son plaisir d'homme. À peine son souffle repris, elle lui dit en riant : « Je vais pouvoir leur ouvrir la porte de la cuisine ! » Elle avait remisé toute la compagnie dans l'arrière-salle, juste pour pouvoir profiter de lui quelques instants.

La noce avait eu lieu, comme toutes les noces. Bertrand était remonté chez lui. Sa ferme était la plus haute de la vallée au bord des alpages. Il l'avait achetée à son retour de Nouvelle-Zélande où il avait passé deux ans. Sa vie de berger avait débuté à la Grand'Combe chez Germain, le père de Mathilde, sa maîtresse d'aujourd'hui. La petite venait d'avoir quatorze ans lorsqu'il avait débarqué avec sa vieille 4 L et son chien. Après un hiver passé du côté d'Arles, la montagne l'avait attiré et cette place était à prendre. Le patron avait bonne réputation, la maison sérieuse, le travail commode.

Dès le début sa complicité avec Germain avait été une évidence. Ils s'appréciaient, se retrouvaient dans leur passion commune pour les brebis, mais aussi dans la façon qu'ont ces hommes de se comprendre sans avoir besoin de se parler. Ce métier est dur à saisir quand on n'en est pas. Rien n'est écrit, rien n'est figé, les choses se sentent plus qu'elles ne s'expliquent. Ils étaient tous deux dans leur travail comme dans un refuge. Germain avait perdu sa femme peu après la naissance de Mathilde, et – il lui avait entendu dire – le troupeau lui avait évité la folie. Lorsqu'il l'avait embauché, il était inconsciemment à la recherche d'un fils qu'il aurait pu avoir sans cette tragédie, aussi quand il apprit que Bertrand voulait partir en Nouvelle-Zélande, il en fut profondément affecté. Son orgueil de montagnard le força à se taire, mais en lui bouillait un terrible sentiment d'injustice.

Les deux années de séparation avaient été pénibles. D'autres bergers étaient passés, mais Germain s'était montré trop exigeant, se référant toujours à Bertrand. Mathilde n'avait pas quitté son père tâchant de combler le vide en travaillant avec lui pour ne pas le perdre. Elle se faisait au métier, et même s'il avait du mal à admettre qu'elle puisse lui succéder, il était obligé de reconnaître sa volonté et son courage. Malgré toutes les difficultés que peut rencontrer une femme dans ce milieu d'hommes, elle s'accrochait pour lui prouver sa passion.

Lorsque Bertrand rentra, Mathilde était mariée. Il avait fallu régler les choses dans l'urgence, il était hors de question pour Germain d'avoir une fille-mère à la maison, même s'il avait compris que le gendre n'était pas celui qu'il espérait. Bavard, crâneur et un peu porté sur la bouteille, il avait imaginé tout révolutionner à la Grand'Combe.

Du haut de ses dix-huit ans, la petite, sa fille sur les bras, y croyait encore, mais au fil des mois la situation empirait. Le beau-père et le gendre ne se supportaient pas et le travail s'en ressentait.

Tout en haut de la vallée, la ferme des Prés Nouveaux était à vendre, Bertrand l'acheta, et bientôt, Germain passa plus de temps avec lui qu'à la Grand'Combe. Il lui semblait revivre, le conseillait sur la pâture, le choix d'un bélier, mais écoutait aussi avec intérêt les souvenirs de Nouvelle-Zélande lorsqu'ils gardaient ensemble pendant des après-midis entiers. Sans aborder le sujet, les deux hommes s'inquiétaient de la situation. Le gendre les jalousait, les rendait responsables du mauvais état du troupeau, les gens commençaient à parler.

Arriva septembre. Les bêtes étaient grasses, les *tardons*[40] prêts à vendre. Bertrand ne vit pas Germain de quelques jours. Rien d'inquiétant, mais quand même. Un soir vers neuf heures, le téléphone sonna, c'était Mathilde : « Papa n'est pas bien.

— Qu'est-ce qu'il a ?

— Le docteur est venu, il n'en dit pas trop, il le fait descendre à Digne demain.

— Tu veux que je l'emmène ?

— Non, reste à tes bêtes, je te rappellerai demain au soir. »

En cette saison, la montagne est déjà en automne. Le troupeau était calme, Bertrand monta en crête dès le matin, l'appel de Mathilde l'avait bouleversé. Il avait besoin d'être seul, loin du reste du monde.

La vue de ses bêtes le rassurait. Les mélèzes les plus hauts commençaient à roussir et les coqs de bruyère se répondaient dans les clairières. L'air était encore doux, mais les ubacs ne retenaient plus les brebis dans leurs ombres trop fraîches. Il resta assis sur un rocher pendant plusieurs heures à laisser aller le flot sombre de ses pensées. Cette journée semblait vouloir durer toujours, et seules les cavalcades des chamois dans les pierriers le tiraient de ses rêves. Au soir venu quand le troupeau fut couché, il se décida à descendre, forcé par les chiens impatients de leurs gamelles. Il arriva à la ferme à grand nuit, fit le travail à faire et attendit, mais dans l'épaisseur du soir le téléphone resta silencieux. Il finit par s'endormir d'un sommeil aigre comme du petit lait tourné et se réveilla bien avant l'aube. Assis à sa table devant son bol de café, il aperçut des phares qui montaient et ne fut pas surpris de reconnaître la voiture de la Grand'Combe. Il alluma dehors et sortit sur la porte. Mathilde s'approcha, se jeta dans ses bras et cria dans un sanglot : « Il est perdu ! »

---

[40] *Tardons :* agneaux nés au printemps, agneaux d'herbe.

Les docteurs lui avaient trouvé une tumeur sur le pancréas, le genre de combat dont on ne sort jamais vainqueur. Germain maigrissait à vue d'œil, seul son regard bleu restait le même. Mathilde l'avait amené quelques fois aux Prés nouveaux, mais les déplacements devenaient de plus en plus pénibles. Au début novembre Bertrand vint passer un moment avec lui :

« J'en ai plus pour très longtemps, je le sais et tu le sais aussi, alors écoute-moi : la petite, après moi, elle va y arriver, j'en suis sûr, mais son type, c'est une merde. Il faut qu'elle le foute dehors, sinon il bouffera tout. Quand je serai parti, fais en sorte. Fais comme tu veux, fous-lui une balle ou un coup de pied au cul, mais démerde-toi pour qu'il dégage. Elle t'écoutera, tu lui seras de bon conseil. Elle a tout, et lui rien, qu'il aille au diable ! Je te demande de t'occuper de ça comme une dernière volonté. Je sais que tu le feras.

— Je ferai ce qu'il faudra dans l'intérêt de Mathilde et de sa fille, je te le promets. »

Germain mourut à la fin février. Au cimetière, l'autre con était saoul comme un cochon, les ivrognes ont toujours une excuse. Dans les yeux de Mathilde rougis par le chagrin, on voyait la colère et la détermination.

Quelque temps après, Bertrand descendit à la Grand'Combe. L'agnelage approchait, Mathilde aurait peut-être besoin de lui. Il la trouva seule, elle l'invita dans la bergerie :

« Il est parti. J'ai conclu un marché : il part de la ferme et je lui fous la paix, je lui laisse juste la permission de venir voir sa fille de temps en temps.

— Il a accepté ?

— Avec ce qu'il picole, je lui ai promis les affaires sociales, il n'avait pas bien le choix. Et puis, tu sais, il y a longtemps qu'il n'y a plus rien entre nous. »

Il ne lui dit jamais la promesse faite à son père. Seule, elle avait su décider et réussir. Dans sa solitude de berger, il n'avait jamais imaginé la place d'une femme, mais la façon dont Mathilde menait sa vie le surprenait tous les jours. Entre eux s'installa un profond sentiment d'amitié, et leurs troupeaux forçaient l'admiration de tous. Sans que cela soit dit, ils s'observaient, tout en sachant qu'ils pouvaient compter l'un sur l'autre à tout moment et sans condition. Les années passèrent, la petite grandissait, sa mère avait su s'imposer. Quelques jaloux faisaient allusion à Bertrand, parce qu'une femme seule… Aucun homme n'avait remis les pieds chez elle, et tous deux se complaisaient dans leurs situations.

L'automne est toujours un moment délicat pour les bergers, la fin de l'estive pousse à la mélancolie. Cette année-là, octobre avait été épouvantable. La pluie succédait à la pluie, la neige avait couvert les sommets bien avant l'heure, les bêtes ne tenaient plus, il avait fallu redescendre plus tôt. Le moral n'y était pas. Mathilde vint aux Prés Nouveaux un après-midi. Bertrand avait laissé son troupeau dedans, las de le voir se tremper tous les jours. Ils parlèrent longuement de la vie, du travail, de Germain. Ils cherchaient tous deux du réconfort face à cette nature qui leur faisait des misères. Ils se quittèrent ragaillardis par ce moment passé à deux. Ils savaient leurs liens solides.

En partant, elle l'embrassa en lui posant la main sur le bras.

C'est ce jour-là qu'il tomba amoureux. Son tempérament d'homme solitaire s'opposa à ses sentiments, en vain. Il espaça ses visites à la Grand'Combe, mais cela ne fit qu'empirer le mal dont il souffrait. L'image de Mathilde était une obsession qu'il porta jusqu'au printemps suivant. Le souvenir de l'enfant qu'elle était lors de son arrivée chez Germain, leur différence d'âge lui interdisait d'avouer son amour. Malgré tout, à la fin juin, après des nuits d'angoisse, il finit par lui parler. Elle réagit violemment, lui demandant pourquoi il lui faisait ça, lui, l'ami de toujours, l'ami de son père. À son refus, il ne put opposer que sa sincérité, mais, désespéré, il n'insista pas et s'excusa de son audace.

Il resta plusieurs jours sur l'estive, trouvant une nouvelle fois le repos au milieu de ses bêtes. La montagne s'offrait au troupeau, qui ne s'arrêtait de manger qu'au milieu de la nuit. Dans le méli-mélo des sonnailles, il restait de longues heures à méditer, essayant d'oublier sa peine. Les rares visites de promeneurs l'ennuyaient plus qu'autre chose et il finit par se cacher. À court de vivres, il se décida à descendre un soir aux Prés Nouveaux.

La lune coulait dans les vallons comme un fleuve, donnant un aspect fantomatique aux arbres et aux rochers. Il s'arrêta plusieurs fois pour le plaisir de sentir la nuit autour de lui. Rien de ces sentiers, pas une pierre, pas une souche ne lui était inconnu. Il descendait vite, sans lampe. Son pas suivait celui des chiens aux aguets d'un chamois ou d'une autre sauvagine qui détalait avec fracas dans les genévriers. Lorsqu'il arriva dans les prés derrière la ferme, un oiseau de nuit le frôla de son aile invisible. Il s'arrêta à nouveau, respira profondément, soulagé de voir la masse sombre de la bâtisse dans l'obscurité. Il trouva, glissé dans la fente de la porte, un petit morceau de papier plié en quatre. De ses doigts maladroits et tremblants, il l'ouvrit sous la lumière jaune de l'entrée : « Pardon, je veux te parler. »

Ils passèrent le reste de la nuit au téléphone. Après son refus sous le coup de la surprise, Mathilde avait senti les pires remords l'envahir. Elle posa mille questions et il donna mille réponses. Ils parlèrent et parlèrent encore, inlassablement, donnant une âme à cette nouvelle relation qui naissait. Ils enfantaient tous deux d'un bonheur neuf, comme un agneau qui se dresse sur ses pattes pour la première fois.

Quand l'aube grise pointa son nez, il était devenu un autre homme. Ses pensées, habituées au calme et à la solitude, bouillaient à présent dans un tourbillon infernal. Il redoutait plus que tout leur premier rendez-vous. Mathilde avait décidé, par pudeur, que ce ne serait ni à la Grand'Combe ni aux Prés Nouveaux et bien que n'ayant pas vraiment compris pourquoi, Bertrand avait accepté l'idée d'une rencontre en ville.

Il faisait chaud, l'été s'installait. La petite ville prenait ses airs du sud. Les terrasses étaient pleines de filles court-vêtues, les passants préféraient le côté ombragé des rues. Les espaces couverts par les arbres, habituellement peu fréquentés, se trouvaient subitement pris d'assaut. La torpeur gagnait le centre dès la fin de matinée et l'activité ne reprenait qu'à la nuit tombée.

Ils longèrent tous deux le mur blanc de l'hôtel, à une vingtaine de mètres de distance, s'imaginant ainsi être discrets. Lorsqu'il ouvrit la porte de la chambre 25, la chaleur de la pièce l'enveloppa d'un coup. C'était un de ces hôtels destinés aux voyageurs de commerce, sans âme ni confort. Elle le rejoignit presque immédiatement et ils se trouvèrent gênés comme peuvent l'être des amants lors d'un premier rendez-vous. Ils s'embrassèrent longuement, puis, petit à petit, dans la moiteur, se déshabillèrent tour à tour. Les deux heures qu'ils s'étaient promises leur parurent de brefs instants, ils firent l'amour maladroitement. Elle s'excusa de ses rondeurs, il la compara aux baigneuses de Courbet. Sa peau douce attirait les caresses, ils parlèrent peu, se contentant de sourires et de baisers.

Lorsque Bertrand sortit, la lumière sembla l'avaler. Devant cette porte fermée, Mathilde ne put retenir ses larmes, comme si elle venait de le perdre pour toujours. Elle pleurait simplement du bonheur de l'avoir trouvé.

Imprimé en France
Achevé d'imprimer en juin 2024
Dépôt légal : janvier 2024

Pour

Le Lys Bleu Éditions
40, rue du Louvre
75001 Paris